Samuel J. Kramer (Hrsg.)

Poetry for Future

Hrsg. Samuel J. Kramer
POETRY
FOR FUTURE
45 Texte für übermorgen
SATYR
VERLAG

Dieses Buch wurde CO_2-neutral produziert. Das verwendete FSC-Recyclingpapier BalancePure® ist zertifiziert mit dem EU Ecolabel und dem Blauen Engel. Recyclingpapiere haben produktionstechnisch bedingt weniger Volumen als herkömmliche Buchdruckpapiere, daher wirkt dieses Buch trotz 192 Seiten vergleichsweise dünn. Zudem wurde auf das Einschweißen und beim Cover auf die sonst übliche feuchtigkeitsabweisende Folienkaschierung verzichtet. 25 Prozent vom Gewinn dieses Buches werden an Klimaschutzprojekte gespendet.

1. Auflage September 2020

www.satyr-verlag.de

Cover: Karsten Lampe
Korrektorat: Jan Freunscht
Druck und Bindung: CPI Books, Clausen & Bosse, Leck
Printed in Germany

Diese Anthologie wurde mit Sorgfalt lektoriert und korrigiert. Die abgedruckten Textfassungen entsprechen den ausdrücklichen Wünschen der Verfasser*innen.

Die Deutsche Nationalbibliothek verzeichnet diese Publikation in der Deutschen Nationalbibliografie; detaillierte bibliografische Daten sind im Internet abrufbar über: http://dnb.d-nb.de

Die Marke »Satyr Verlag« ist eingetragen auf den Verlagsgründer Peter Maassen.

ISBN: 978-3-947106-60-8

Inhalt

3. Kapitel: ENDEN

4. Kapitel: GEGENSÄTZE

5. Kapitel: SPRACHE

*Dieses Buch enthält 22 Audio- und Videolinks. Unter den jeweiligen Texten befinden sich QR-Codes, die – mit entsprechender App eingescannt – direkt weiterleiten. Die ausgeschriebenen Links finden sich am Ende dieses Buches im Autor*innenverzeichnis.*

für Calian
für die Zukunft

Für Marty!
Bis übermorgen!

Editorial

Wir schreiben das Jahr 2020. Viele haben es noch nicht verstanden – oder wieder vergessen –, aber wir befinden uns in einer entscheidenden Phase unserer Geschichte. Wir haben, wenn wir Glück haben, noch ein paar Jahre Zeit, um die Kontrolle über das System Erde zurückzugewinnen, um den klimatischen Kollaps und ein Massenaussterben zu verhindern.

Danach können wir nur noch zusehen, wie sich die Erde immer weiter erhitzt und ein Ökosystem nach dem anderen zusammenbricht. Dann können wir noch versuchen, die Schäden zu begrenzen und die Konflikte zu schlichten, die über knapper werdende Ressourcen und bewohnbaren Lebensraum ausbrechen.

Zugleich kämpfen Menschen weltweit schon heute mit Wasserknappheit, extremer Hitze, Krankheiten und Naturkatastrophen, deren Häufigkeit und Intensität auf den Klimawandel zurückgeführt werden können.

Zugleich ist das Aussterben von Tier- und Pflanzenarten*, das sich aktuell 1.000- bis 10.000-mal schneller vollzieht als im historischen Durchschnitt, kein bloßes Verschwinden. Auch dieser Prozess ist von Leid und Schmerz durchzogen.

---

* Dieses Aussterben ist nicht allein auf den Klimawandel zurückzuführen. Eine große Rolle spielen auch die Zerstörung von Lebensräumen, menschliche Flächennutzung, Umweltgifte, Jagd, Wilderei und die Verbreitung invasiver Arten. Das Artensterben ist für sich allein ein gewaltiges Problem, das eigener Lösungen bedarf – und eigener (medialer) Aufmerksamkeit.

Und jetzt stellt auch noch eine Pandemie die weltweiten Gesundheits- und Sozialsysteme auf eine harte Probe (und nicht nur diese) und dominiert die Schlagzeilen. Es ist dabei gleichermaßen verständlich und gefährlich, über diese Entwicklung die Erhaltung unserer planetaren Lebensgrundlagen als politisches Ziel aus den Augen zu verlieren.

Andersherum sollte die Dringlichkeit von umweltpolitischen Fragen auch nie dazu dienen, die Wichtigkeit anderer politischer Kämpfe (wie die aktuelle *Black-Lives-Matter*-Bewegung – um nur ein Beispiel zu nennen) infrage zu stellen. Ich glaube, dass es in diesen Fragen kein »Entweder-oder« geben kann.*

Wenn ich mir diese biophysikalische und politische Realität in ihrer Gesamtheit vor Augen führe, fällt es mir oft schwer, eine positive Perspektive darauf einzunehmen. Ich zwinge mich dann meistens zum Optimismus. Weil ich weiß, dass wir Optimismus brauchen, um weiterzumachen.

Auch bei der Durchsicht der Texte für diese Anthologie fiel mir auf, dass die dystopischen Visionen überwiegen und positive Zukunftsentwürfe selten sind. Ich glaube, dass es ein grundlegendes Problem dieser Debatte darstellt, dass oft davon gesprochen wird, *dass es so nicht weitergehen kann* – ohne zu sagen, wie es weitergehen soll. Von dieser Schwierigkeit spreche ich mich selbst nicht frei.

Ich glaube aber gleichzeitig, dass die literarische Beschäftigung mit den negativen Gefühlen, die unsere unsichere Zukunft in uns auslöst, sehr wertvoll ist und konstruktiv sein kann. Wir brauchen einen (Resonanz-)Raum für die Angst, die Trauer und die Wut auf unser zerstörerisches System.

Es hat mich bestärkt zu sehen, wie viele der von mir erreichten Autor*innen (hauptsächlich aus der Poetry-Slam-

* Zumal es sich lohnt, die Zusammenhänge dieser Themen politisch in den Blick zu nehmen.

und der Lyrikszene*) sich mit diesen extrem wichtigen Themen beschäftigen, und mit was für großartigen Ergebnissen. Das ist für mich ein Teil einer positiven Perspektive auf die Zukunft: Ich möchte in einer Welt leben, in der weiterhin solche Texte geschrieben und gelesen werden können, überall auf dem Globus.

Es hat mir immense Freude bereitet, alle diese Stimmen zu entdecken – und ich habe mich dadurch auch weniger allein gefühlt. Hier liegt für mich ein weiterer Grundstein einer optimistischen Perspektive: Wir sind schon so viele. Es gibt ein großes Potenzial und eine große Bereitschaft, den enormen Herausforderungen unserer Zeit mutig und kreativ zu begegnen.

Um noch eine Frage zu beantworten, die immer im Hintergrund steht, wenn es um Politik und Literatur geht: Ja, ich bin überzeugt, dass Literatur im Allgemeinen, und diese Sammlung von Texten im Speziellen, eine Antwort auf politische Probleme solcher Größenordnungen darstellen kann und muss.

Ich glaube nicht, dass sie damit allein bleiben darf.

Es wird noch mehr Proteste brauchen, noch mehr anstrengende Gespräche, Forschung und die breite gesellschaftliche Auseinandersetzung mit dieser Forschung. Wir brauchen mutige Politiker*innen, die sich gegen schädliche Traditionen, Nationalismus und die Macht von Konzernen und Lobbyverbänden stellen, und mutige Menschen, die den notwendigen Wandel auf allen Ebenen unserer Gesellschaft vorantreiben und mittragen.

---

* Für mich, der ich so gern in beiden dieser Welten zu Hause sein will, war es auch eine schöne und bestätigende Erfahrung, dass alle angefragten Personen dem Projekt gegenüber so offen reagiert haben. Ich habe mir aufgrund dieser doppelten Wahlheimat erlaubt, dem Buch einen Bonustext hinzuzufügen.

Ich hoffe, mit dieser Anthologie einen winzigen Beitrag zu diesem Wandel zu leisten.

Viel Freude allen, die darin lesen – und viel Kraft.

Bis übermorgen.

Samuel J. Kramer
Offenbach, Juni 2020

Scientists for Future

Vorwort

Nichts in der menschlichen Vergangenheit stellte eine solche Bedrohung für das langfristige Überleben der Menschheit dar wie die derzeitige Nachhaltigkeits- und Klimakrise. Niemals wurden die tragenden Säulen unseres Daseins, die natürlichen Lebensgrundlagen, die Artenvielfalt, die Stoff- und Energieflüsse unseres Erdsystems, gleichzeitig so global und rasant angegriffen.

Die Expert*innen des World Economic Forums schätzen seit vielen Jahren die Risiken des ungestoppten Klimawandels größer als die eines globalen Krieges mit Massenvernichtungswaffen ein. 2020 taten sie dies erstmalig nicht nur aufgrund der viel höheren Eintrittswahrscheinlichkeit der Klimakatastrophe. Allein die katastrophalen Folgen des Klimawandels selbst übertreffen möglicherweise den globalen Atomkrieg.

Viele junge Menschen zeigen in den letzten Jahren mit ihrer klaren Fokussierung und ihrer persönlichen, fast poetischen Beziehung zu Leben und Zukunft, dass ein »Weiter-so«, ein fortgesetztes »Nicht-wahrhaben-Wollen« keine Option ist. Sie lesen und verstehen die Risikoschätzungen der Wissenschaft korrekt. Und sie berufen sich auf Wissenschaft.

Aber die Einschätzungen des Weltklimarates, des Weltbiodiversitätsrates, die vielfältigen anderen Warnungen von Wissenschaftler*innen an die Weltöffentlichkeit verhallten jahrzehntelang. Vielleicht nicht ungehört, aber unverstanden. Unverstanden, weil unsere menschliche Intuition nicht ausreicht, um mit dem Herzen zu verstehen, dass unsere Handlungen heute dramatische Konsequenzen in der Zukunft haben können. Wir erleben Ähnliches derzeit in Bezug auf die COVID-Krise – auch wenn dort die Verzögerungszeit eher Wochen bis Monate statt Jahrzehnte bis Jahrhunderte beträgt.

Wir leben weiter auf Pump, in einer zutiefst nicht nachhaltigen Welt.

Nicht nachhaltig. Das ist irgendetwas Abstraktes. Das sagt sich leicht.

Ist jemand dabei gerade zu Tode erschrocken? Erschrocken bei dem Gedanken, dass unsere Gesellschaft so, wie sie jetzt ist, nicht fortbestehen kann, sondern entweder reformiert wird oder kollabiert?

Dies mit Herz und Intuition zu erfassen, ist die vielleicht größte Herausforderung der Gegenwart.

Vor 200 Jahren wollten Menschen das Unrecht der Sklaverei nicht wahrhaben. In scheinbar großer Selbstsicherheit und Selbstverständlichkeit wischten sie die nagenden Zweifel beiseite. Die allermeisten Menschen schafften es, ihre Herzen zu verschließen. Dies wäre heute nicht mehr denkbar.

Als *Scientists for Future* sind wir zutiefst überzeugt, dass dies eines Tages, auch bezüglich unseres nicht nachhaltigen Lebensstils, nicht mehr denkbar sein wird. Wir werden zu dem Punkt kommen, an dem eine UN-Generalsekretärin oder ein UN-Generalsekretär vor der Vollversammlung den Jahrestag der Erreichung einer klima- und biodiversitätsstabilisierten Welt feiert. Und sie oder er wird sagen: »Es fällt schwer zu glauben, dass das, was heute ein Verbrechen gegen die Menschlichkeit ist, früher einmal in Ordnung war.«

Und genau an diesen Stellen sehen wir Werke wie das hier vorliegende. Die weisen, einfallsreichen und sensiblen Gedichte und Texte dieses Buches sind ein Fußabdruck der Verfassung unserer Zeit. Aber im Einklang mit anderen *For-Future-*

Bewegungen ist »Poetry for Future« gleichzeitig viel mehr: ein Handabdruck aktiven Tuns.

Jedes Wortgeflecht ist ein eindringlicher Appell für ein nachhaltiges Geflecht von Mensch und Erde. Die hier vorliegenden Texte sind Paten eines neuen Klima- und Nachhaltigkeitszeitalters. Sie sind Paten, die Gegenwart und Zukunft neu zu denken, und sie helfen uns auf kluge Weise, über unsere Sehnsüchte, Ängste und Vorurteile, über unsere uns in die Irre führende Intuition nachzudenken. Sie helfen, über alte Mythen, Fake-News und veraltetes Wissen hinauszuwachsen und uns neu aufzustellen. Sie öffnen unsere Herzen und bilden unsere Intuition. Und sie verbinden dies mit bemerkenswert gut fundiertem fachlichem Wissen.

Diese Literatur steht für unser Zeitalter. Ein Zeitalter, in dem Kinder für ihre Zukunft kämpfen müssen.

Dr. Gregor Hagedorn und
Prof. Dr. Karen Helen Wiltshire
Scientists for Future

1. Kapitel

WASSER

Ulrike Almut Sandig

vom Wasser

kommt alles, das spricht.
das Wasser kümmert es nicht
dass alles, was wir sind
aus Wasser besteht wie Kinder
aus einem kranken Gensatz
ihrer Erzeuger, der gespenstisch
in seine Bestandteile zerfällt
wie Flüssigkeit in nichts
als zwei Gase. wir werden uns
wünschen, wir könnten
unsere eigene parasitäre Art
im Morgennebel auflösen.
aber Vorsicht mit den Wünschen.
einmal wünschten wir uns
es käme einer, der machte
Wasser zu Wein. dem Wasser
ist es egal. wir werden uns
wünschen, den Jahr um Jahr
höher steigenden Pegeln
zu entrinnen, und sei es
an einem Tag in der Woche

freitags vielleicht

den #FridaysforFuture-Klimaprotesten gewidmet

Audio

Marina Sigl

Ein Bericht

Januar.

In meinen Keller läuft das Wasser. Weicht den Fußboden auf, sickert in alle verstaubten Ritzen und pustet Feuchtigkeit meine Wände entlang in meine Atemluft. Gerümpel sinkt auf die alten Holzdielen nieder und schafft eine neue Unterwasserwelt.

Noch in derselben Woche demonstriere ich gegen die unangekündigte Flutung von Kellern.

Februar.

In meinem Keller ist das Wasser gestiegen. Es ist jetzt knietief. Mit dem Wasser kommen die Algen und mit den Algen kommen die Fische. Vereinzelt schwimmen sie um alte Fahrradschläuche, die wie Muränen zwischen durchtränkten Pappkartons hin und her wischen.

Lena kommt zweimal die Woche vorbei und füttert die Fische. Chris gibt seinen Lieblingsfischen die Namen Nemo 1 bis 7.

Nemo 6 verheddert sich eines Tages in der Plastikfüllung eines Pakets, dessen Inhalt ich bestellt und ungenutzt vergessen hatte.

Chris beginnt, in seinem Alltag Plastik zu reduzieren.

März.

In meinem Keller schwappt mir das Wasser nun bis zum Oberschenkel. Die Fische sind mittlerweile so zahlreich, dass wir ihnen keine Namen mehr geben können. Wasserpflanzen blühen auf und nachts hört man das leise Quaken von Fröschen.

Anna hat auch von den Fischen in meinem Keller gehört und macht einen Witz darüber, bald einen Sushi-Abend mit ihnen zu veranstalten. Lena macht ein böses Gesicht und bewirft Anna mit Fischfutter. Sie beschließt, kein Fleisch mehr zu essen.

April.

Das Wasser ist inzwischen hüfthoch. In meinem Keller wachsen nun seltene Wasserpflanzen, die in anderen aquatischen Lebensräumen vom Aussterben bedroht sind. Auch verschiedene Wasservögel haben in alten Kellerregalen Nisthöhlen gebaut. Erik beschließt, seine Masterarbeit in aquatischer Biologie über die Pflanzen zu schreiben.

Mein Vermieter hat vom Biotop in meinem Keller gehört und kassiert nun Eintritt für die Touristenattraktion. Schaulustige trampeln durch die Tümpel der Frösche und überfüttern die Enten mit Brot, das aufgeweicht und flockig den Pflanzen im Wasser ihr Licht nimmt.

Anna startet eine Kampagne zum bewussten Umgang mit der Umwelt.

Mai.

Das Wasser steht uns bis zur Brust. Mein Vermieter verpachtet mein Biotop an einen großen Tourismuskonzern. Sie befahren das Gebiet mit Motorbooten, die das Wasser durchpflügen, als sei es ihr Eigentum. Eines Tages findet Jan ein totes Entenküken, das in den Antrieb eines Bootes gekommen sein muss.

Auch er beschließt, vegetarisch zu leben.

Juni.

Der Wasserspiegel ist höher, als wir es für möglich gehalten haben. Auch große Tanker und Kreuzfahrtschiffe mit Urlaubern befahren nun das Wasser in meinem Keller. Mein Vermieter kauft sich einen Porsche. Die seltenen Wasserpflanzen beginnen wieder auszusterben. Erik muss dreißig Seiten seiner Masterarbeit verwerfen und ein anderes Thema wählen.

Noch in derselben Woche laufen wir uns auf einer Demonstration über den Weg.

Juli.

Mein Vermieter investiert seinen Gewinn aus dem »Erlebnis Kellerkreuzfahrt« in weitere Stockwerke für unser Haus. Mit jedem weiteren Stockwerk, das geflutet wird, baut er ein neues Stockwerk für seine Bewohner.

Maike erkundet die Unterwasserwelt in einem Tauchgang. Sie entdeckt mehrere verendete Fische in Netzen aus Plastikverpackungen, wie sie auf dem Kreuzfahrtschiff verwendet werden. Andere Fische schnappen nach den durchsichtigen Folien in der Annahme, es sei Nahrung.

Maike beginnt, plastikfrei zu leben.

August.

Niklas nutzt meinen Keller für sein Schwimmtraining. Eines Tages erleidet ein Öltanker ein Schiffsunglück. Niklas lernt unfreiwillig schwimmen in Öl und stinkt noch wochenlang nach Frachter.

Er gründet eine Gruppe von Umweltaktivisten.

September.

Der Sommer ist vorbei, aber das Wasser in meinem Keller hört nicht auf zu steigen. Alle Bewohner leben nun hoch über meinem Biotop, um nicht die Schiffshörner zu hören und dem Wellengang zu entgehen, der das Fundament erschüttert.

Unsere Gruppe von Aktivisten besteht aus acht Freunden. Zwei von uns sind Vegetarier. Zwei von uns leben plastikfrei. Zwei von uns gehen regelmäßig auf Demonstrationen und zwei von uns sind nah an klimaneutral.

Oktober.

Ich bin ausgezogen. Weg von meinem reichen Vermieter mit seinem wasserunterlaufenen Haus – sein Porsche wird ihm auch nicht helfen, wenn Mutter Natur die tragenden Wände verwittert hat und jedes noch so neue Stockwerk von hoch oben ins Wasser fällt.

Meine Freunde und ich wohnen in einem Plusenergiehaus. Wir sitzen in der Küche über Rettungsplänen, großen Plänen, die hoffentlich groß genug sind. In zwei Monaten ist schon wieder ein Jahr vorbei, denke ich, als ich auf die Wanduhr schaue. Tick. Tock.

Temye Tesfu

polkappenrequiem

am ende verklebte schwarzer schlamm der hände linien
furchen rillen vom frenetischen wühlen im erdgrund
man saugte den geschürzten mund auf den boden gepresst
bis es sprudelte und schlürfte und soff bis zum spuckschluck

die erde war aufgeräumt und hingestellt – halogenstrahler
suchten die tiefe ab; was zu holen war ist geholt worden
verstummt sind die sonare seismografen stehen still
nichts ist wahr   nichts ist falsch   nichts ist zeit

jetzt/hier: ein gekreuzigter himmel stiert in schillernde augen
auf den wassern – ausgelaufene irides
säulen aus feuer und rauch und methan auf den halden
die peitschen in andacht solange sie luft haben

wirbel aus wind und aus ramsch durchstreifen die landschaft
zu tode gelangweilt wie erwerbslose trödler
und die stubenreinen gebirgszüge? und die gesattelten
cumuluswolken? die gestriegelten sicheldünen und die

pünktlichen stromschnellen? der salutierende kies, die
sedierten geysire, und ja: selbst die
dressierten coltan-stollen wissen einfach nichts mehr
anzufangen mit sich

wem noch apportieren, fragen im flüsterton die stalaktiten
doch niemand ist da eine antwort zu geben
wer sagt uns wo es langgeht, fragen die wasserfälle
doch niemand ist da um feststellungen zu machen

im gestaubsaugten schlick liegen grinsende schädel.
fossilien erzähln sich alte wetterberichte als wären es witze
Wo ist da der Joke, fragt der coltan-stollen.
wo da der joke sei, fragt sein echo.

doch auch den anderen (den gebirgen wie den wolken
den dünen wie den stromschnellen, den kieseln, den
geysiren, den wasserfällen und stalaktiten)
bleibt die punchline unbegreiflich

nur die brandung erträgt mit geduld das tamtam
erklärt sie uns vielleicht die pointe?   nein.
sie ist neuerdings buddhistin und intoniert ein mantra:
Niemand friert.   Niemand stirbt.   Niemand weint.

in einem anderen szenario würde die brandung feststellen
dass es keinen mehr gibt um feststellungen zu machen
aber wir befinden uns bereits in einem szenario
in dem es keinen mehr gibt um feststellungen zu machen

Stimmt, sagt die brandung. *Stimmt – stimmt – stimmt,* sagen
berg und wolke und düne und geiser und
fluss und fossil und kiesel und tropfstein und wasserfall
alle nacheinander   und halten schließlich ein

alles ruht   alles lauscht   alles schweigt
nur der coltan-stollen lacht noch kurz
(mit leichter verspätung)
über den witz

Christofer mit f

Das große Verschlingen

Im Süden der Welt,
wo türkise Wellen samtig sanfte weiße Strände streicheln,
wo das Sonnenlicht der Armut und dem Elend schmeichelt,
wo's das ganze Jahr hindurch, im Gegensatz zur Arktis,
für das Tragen jeder Kleidung arg zu warm ist,
wo Eroberer auf Insulaner trafen
und heute Touris unter Palmen schlafen,
trog einst die Lethargie ...

Denn schon ein paar Kilometer vor der Küste
eines Landes, das sich seiner Schönheit brüstet,
direkt unter dem Spiegel
zwischen den Riffen und unter den Flügeln
der Rochen, die durch gebrochenes
Sonnenlicht schwebten, brodelte Leben,
konnten Korallen unentdeckt von Besuchern
bunt und bizarr bis ins Endlose wuchern.

Wohin selbst die langen Arme
　　der Instagram-Promis nicht reichen,
konnten Polypen und seltene Fischarten laichen.
Konnten Oktopoden hinter Tintenwolken toben,
Kalmare und Kraken einander mit Tentakeln bekakeln.
Konnten Seepferdchenmänner,
　　jenseits tradierter Geschlechterrollenbilder,

eifrig den Nachwuchs behüten
und die Eier der Weibchen ausbrüten.
Konnten sich Haie in Herden vermehren
und zahllose Junge gleich lebend gebären.

Konnten Schollen und Quallen, Langusten und Schwämme,
konnten Barsche, Makrelen und Fische mit Kämmen
wild durcheinander einander bejagen,
sich miteinander symbiotisch vertragen
und schwimmen und treiben und kraxeln
und dabei wie die Wildschweine schnackseln!
Noch vor Jahrzehnten war die Welt hier in Ordnung,
bis aber plötzlich die Schwärme verschwanden
und sich die Krabben auf dem Rückzug befanden.
Als mit einem Mal alle Korallen erblichen
oder den Heeren von Urlaubern wichen,
weil auch das, was Äonen andauert,
ganz einfach endet, wenn die Meere versauern
und die Landschaft verschandeln,
weil sich jede Oase in einen Friedhof verwandelt.

Und so bleibt kein Fleck auf diesem Planeten,
den wir nicht verseuchten,
in unserer Gier nach Moneten,
die wir gar nicht bräuchten,
und wir zerstören – stehend auf Bergen aus Toten,
ohne zu wissen, was wir nicht verstehen –,
wenn nicht mit Gewehren oder mit Schloten,
dann allerspätestens mit Polyethylen.

Wo ungeheuer krasse Wassermassen
auf angepassten Ungeheuerkörpern lasten,
unter dem Meer, das in ungefähr so schwer

wie tausend Elefanten
jenseits jeder menschlichen Konstante
wiegt,
wo es hinter schroffen Klippen noch mal steil bergab geht,
wo selbst Reinhold Messners Bart und Haare
Richtung Meeresspiegel absteh'n,
lebt dem hohen Druck zum Trotze unbeschwert
und von Räubern oder Feinden unversehrt
und ohne Schaden
auf dem Grund im Marianengraben
und gerade deshalb äußerst heiter
und dazu noch wie kein Zweiter
zum Leben in großer Tiefe befähigt
ein kleiner Fisch mit Namen Pseudoliparis swirei.

Dort, wo ihm kein Mensch auf den Keks geht,
weil er auf Schwärze und winzigen Krebs steht.
Von Gestalt eher zierlich, klein, weiß und transparent,
entgegen dem Trend in der Tiefsee nicht luminiszent,
schlängelt er sich durch ein behäbiges Leben
einem vermeintlich ewig währenden Frieden entgegen.

Wenn da nicht selbst unter dem Meer
alles voll mit Plastik wär',
in dem er sich, und sei er auch noch so behände,
letztendlich verfängt und qualvoll verendet.

Und so bleibt kein Fleck auf diesem Planeten,
den wir nicht verseuchten,
in unserer Gier nach Moneten,
die wir gar nicht bräuchten,
und wir zerstören, stehend auf Bergen aus Toten,
ohne zu wissen, was wir nicht verstehen.

Wenn nicht mit Gewehren oder mit Schloten,
dann allerspätestens mit Polyethylen.

»Und was kann eigentlich ich dafür?«,
fragt derweil der sprichwörtliche kleine Mann,
der an all dem nicht alleine schuld sein kann,
rechts hinten in der Kneipe am Stehtisch.
Versuch's gar nicht erst mit Verantwortungsethik.
Zwischen Aktiendepots und Börsenkursen,
zwischen Rentenniveaus und Klimakurven,
zwischen Konkurrenzdruck und Arbeitsplatzsorgen,
zwischen »Heute ein Schnitzel« und »Scheiß doch auf Morgen«,
zwischen Dürrerekorden und Artensterben.
zwischen Mindestlohn und Altersbeschwerden,
»Wie viele Flüchtlinge sollen es noch werden?«,

zwischen Polkappenschmelze und Staatsversagen,
Demokratiedefizit und Treibhausgasen,
zwischen dem neunten und dem zehnten Pils
und einer Ölkatastrophe in der Karibik
sind Leben und Arbeit längst mehr als nur schwierig,
mehr als nur hart
und werden noch schwerer,
denn die Erde wird karg
und die Meere noch leerer.
»Aber es muss doch irgendwie weitergehen«, sagt jeder
und jede, das, liebe Menschen, das ist der Fehler.

Es hat längst begonnen: das große Verschlingen.
Der Frühling ist da, nur keine Vögel, die singen.

Peter Heiniger

Zwanzig Zentimeter

Man sieht sie jetzt öfter, wie sie bedächtig über Weiden schreiten, in der Hand ein Pendel haltend oder eine Wünschelrute. Zuweilen halten sie kurz inne, als würden sie auf etwas lauschen. Prüfen, ob das Pendel ausschlägt, dann gehen sie weiter. Wasserschmöcker. Hinter ihnen drein trottet ein Bauer oder sonst ein Landbesitzer, vielleicht noch der Hund oder ein Kind.

Im Blick des Bauern schwingen Sorge und Hoffnung. Seine Aufmerksamkeit gilt ganz dem Pendel, als wolle er es beschwören, es möge doch zu schwingen beginnen, zumindest eine Regung zeigen. Nach einer Weile steckt der andere das Pendel in den Hosensack und schüttelt den Kopf. Kein Wasser. Oder zumindest nicht genug, dass es sich lohnen würde, einen Graben in die Landschaft zu reißen. Er lässt den Blick über die Weide gleiten. »Dort drüben können wir es noch versuchen.«

Ein wenig oberhalb einer unscheinbaren Senke schlägt das Pendel aus und der Wasserschmöcker sagt: »Hier kannst du es probieren.« Kurz hellt sich die sorgenschwere Miene des Bauern auf. Gleich darauf verfinstert sie sich wieder. Und hinter der gerunzelten Stirn beginnt er zu rechnen: Arbeitsstunden, Baggermiete, Leitungen ... »Und wie viel können wir gewinnen? Reicht es, um unseren Brunnen wieder zum Laufen zu bringen?« Früher führte der ordentlich Wasser, mehr als genug. Jetzt ist er zu einem stricknadeldünnen

Rinnsal verkümmert.[*] »Ich kann dir nichts versprechen. Das Wetter macht ein anderer. Und wenn es noch einmal einen solchen Sommer gibt ... Die nächste Wüste, heißt es, liegt nicht in Afrika. Sie liegt zwanzig Zentimeter unter unseren Füßen.« Der andere lüftet den Hut und kratzt sich am Hinterkopf. Daheim gibt's Kaffee mit Schnaps. Beim Verabschieden wünscht man sich einen guten, aber nicht allzu trockenen Sommer.

»Die Schweiz ist das Wasserschloss Europas und das Wasserschloss der Schweiz ist unser Napfgebiet.« So erklärte es uns der Lehrer in der Schule, nicht ohne Stolz, beinahe, als wäre es sein Verdienst. »Wie ein Schwamm kann unsere Landschaft aufgrund ihres porösen Untergrundes das Wasser speichern und damit unsere Brunnen speisen.« Aus seiner Rede schlossen wir, dies habe ewige Gültigkeit, wie ein Naturgesetz. Es war Winter, die Ölheizung lief auf Hochtouren, die Luft im Klassenzimmer war furztrocken. Eine Kreidestaubwolke stob auf, als der Lehrer den Tafelschwamm ergriff. Er nässte den Schwamm am Brünnchen, dann putzte er die Tafel. Als Nächstes hatten wir Grammatik.

Audio

* Der Begriff »Brunnen« hat hier eine andere Bedeutung als im Hochdeutschen: Im quellenreichen Emmental werden Quellen üblicherweise gefasst und mittels unterirdischer Leitungen zu den Bauernhäusern geleitet, wo das Wasser über eine Röhre beständig in einen Trog fließt. Dieser Trog mit der wasserführenden Röhre wird »Brunnen« genannt. Fällt eine Quelle trocken, sucht man eine neue, leitet sie zum Brunnen und bringt diesen somit wieder zum Laufen. [Anm. d. Verlags]

Katrin ohne H

Die Haxen bitte vor dem Duschen rasieren

Der Sommer war schon immer meine am wenigsten liebe Jahreszeit: vierter Platz von vier Teilnehmenden.

Kein Foto für den Sommer.

Keine *tens, tens, tens across the board.*

Beim Poetry Slam 10 Punkte. Insgesamt. Kein Extrapunkt.

Schlecht!

Der Sommer ist SCHLECHT!

Fürchterlich, ganz schlimm, weih, grausig, pfui!

Der Sommer war schon immer meine am wenigsten liebe Jahreszeit, denn es ist halt einfach viel zu heiß!

Da schwitzt man. Im Sommer schwitzt man. Allein vom Sitzen schwitzt man, sitzt in der Sonne und schwitzt, beim Sitzen schwitzt man in der Sonne, obwohl man sich keinen Zentimeter bewegt, schwitzt alles in der Sonne.

Und dann pickt man. Im Sommer pickt man und man hockt da und pickt, am Ledersitz im Auto pickt man fest, wegen der kurzen Hose pickt man. Und das G'wand pickt und schweißelt, alle schweißeln, im Bus schweißeln alle oder es riecht, als hätte man gerade Deo geschnupft.

Aber dann geht man duschen und alles ist so schön frisch und kühl und sauber, zwar auch nicht trocken, aber es pickt nichts und dann steigt man aus der Dusche …

… und pickt schon wieder. Alles pickt, weil man vergessen hat, die Haxen vor dem Duschen zu rasieren, und erst nach dem Duschen die Haxen rasiert beim Waschbecken, so mit'm Haxen aufm Waschbecken, und von der g'schissenen, unnötigen, schweißtreibenden Akrobatik pickt man schon wieder.

Fürchterlich, ganz schlimm, weih, grausig, pfui!

Es ist halt einfach viel zu heiß!

Da pickt man, allein vom Sitzen pickt man am Ledersitz im Auto fest, man pickt, am Auto pickt man und muss schon wieder tanken fahren, weil man so am Auto pickt, und aus dem Auspuff pufft die Hitze raus und das stinkt, als hätte man Feinstaub geschnupft.

Und wenn's zu weit ist fürs Auto, dann fliegt man halt und alles pickt im Flieger, pickt alles von Öl und Kohle, pickt alles. Und das Rindfleisch pickt, weil's davor so viel gefressen hat und so viel gerülpst hat und so viel Platz gebraucht hat, pickt's, weil's dem Wald die Haxen rasiert haben; vor oder nach dem Duschen – komplett wurscht! Den Wald haben's abrasiert und im Flieger pickt man auch am Ledersitz fest wegen der kurzen Hose und alles riecht, als hätte man Erdöl geschnupft.

Aber im Flieger ist es wenigstens ein bisschen kühl, so schön kühl, und frisch, fast ein bisschen zu frisch. Da kann man ja fast vergessen, dass man gerade drinsitzt nach Skandinavien, weil man's zu Hause vor lauter Hitze nicht mehr ausgehalten hat.

Und es pickt schon wieder. Alles pickt, weil man vergessen hat, dass man den Wald vor dem Duschen abrasiert hat und dass von der g'schissenen, unnötigen, schweißtreibenden Akrobatik jetzt Australien brennt.

Es ist halt einfach viel zu heiß!

Ja, sicher ist es zu heiß, wenn man so viel pickt, am Auto und an den Supertankern voll mit Erdöl und am Fleisch, mit'm nackten Fleisch pickt man am Ledersitz vom Auto und vom Flieger und am Plastik und am Wald-Abrasieren pickt man.

Weil's ja gar so furchtbar unbequem ist so ohne Rindfleisch. Aber in Australien ist es fast ein bisschen unbequemer, so ohne freie Sicht auf das Sydney Opera House, weil's so viel raucht und staubt und brennt, und in Kitzbühel ist es auch fast ein bisschen unbequem, wenn man im Dezember dort nicht Ski fahren kann, außer auf einem Schneeband neben der Wiese, und neben dem Inn wird's auch fast ein bisschen unbequem, wenn von weiter oben die Gletscher runterkommen, fast ein bisschen unbequem.

Aber im Sommer haben wir's dann fein. Da haben wir am Gletscher oben 25 Grad, feinifein, so lässt sich's aushalten, und in der Stadt drin picken wir an der Klima, wenn uns das Klima nicht mehr passt. So fein.

Und dann fällt die Klima aus und es pickt schon wieder. Alles pickt, weil man vergessen hat, die Haxen vor dem Duschen zu rasieren, und erst nach dem Duschen die Haxen rasiert beim Waschbecken, so mit'm Haxen aufm Waschbecken, und von der g'schissenen, unnötigen, schweißtreibenden Akrobatik pickt man schon wieder.

Es ist ja gar so fürchterlich, ganz schlimm, weih, grausig, pfui, da wird's uns echt fast ein bisschen unbequem.

Audio

David Friedrich

Staub

Ich mach das Fenster auf, schweißgebadet
Es ist ein heißer Tag, wie die meisten Tage
An den Wänden zerfließt die weiße Farbe

Tropft auf das PVC, das Wellen wirft
Es ist Lebensqualität, die an allen Stellen stirbt
Man macht das Beste draus, bleibt auch vernünftig
Der Kalender sagt: Es ist viel zu heiß für Januar im Jahre 2050

Die Zivilisation ist alt geworden und verbraucht
Die Augen sind müde und die Ohren sind taub
Wir werden geboren in dem Staub
Begraben die Toten in dem Staub
Vegetation ist vergoren in dem Staub
Atemwege und alle Poren voll mit Staub
Wir sind verloren in dem Staub
Aber auch gewöhnt an den Staub

Ich vertreibe mir heute meinen Tag hier
Mit neumodischem Schnickschnack
Wie überteuertem Craft-Bier
Indian Summer Pale Ale Winter Edition
Ein sehr bitterer Hopfengeschmack, zu Beginn sehr aufdringlich, aber wenn man sich auf ihn einlässt, dann wird er auch nicht weniger.

Zum Glück ist im Kühlschrank noch Platz – für mich
Denn die Hitze hat es sich gemütlich gemacht
Doch im Laufe der Zeit ist es im Kühlschrank recht eng geworden, also bin ich in den Keller gegangen. Dort habe ich in einem Umzugskarton so ein altmodisches Tablet gefunden. Hat noch funktioniert. Darauf habe ich mir dann die Fotos angeguckt von früher, von vor dem Staub.
Und da fiel mir auf: Eigentlich hätten wir es wissen müssen.
Wir hätten es kommen sehen müssen.
Ganz ehrlich? Wir wussten es, wir haben es kommen sehen.
Ist ja nicht so, dass unser Planet uns keine Signale gegeben hätte, deutliche Signale hat der uns gegeben, wie ein nervtötender Wecker, der schrill und laut Sirenengeräusche gegen das Trommelfell schmettert. So hat unser Planet uns darauf aufmerksam gemacht, aber wir haben immer wieder Snooze gedrückt. Oh nöö, nicht jetzt schon anfangen mit erneuerbaren Energien, ich will noch eine Runde Atomstrom. Nur noch fünf Minuten.
Aber die Frühaufsteher unter uns befassten sich mit den Problemen und entwickelten Apps.
Wir hatten Apps gegen den Klimawandel, wir hatten Regenwaldtreueherzen auf Bierflaschen, wir hatten »Rettet die Polarbären«-Merchandise-Produkte und, meine Fresse, waren die plüschig!
Wir wussten, dass wir handeln müssen.
Etwas tun, nachhaltig denken, ein neues Bewusstsein entwickeln.
Denn – das ist heute so lange her und man kann sich das nicht mehr richtig vorstellen – wir sind geflogen, von Hamburg nach Mailand für 29 Euro. Mit Easyjet, da musste man auf den ein oder anderen Komfort verzichten, zum Beispiel auf Beine oder so. Aber dafür hatte man ein Drei-Gänge-Menü, bei dem jeder Gang mehrere Produkte enthielt, die

alle einzeln verpackt waren, und das Besteck war auch verpackt und das Brot dazu auch und der Käse noch mal und das Getränk war auch noch mal in einer Plastiktüte und wenn man die ganze Verpackung erst mal geöffnet und beseitigt hatte, dann war man schon gelandet.

Uns war klar: Wir müssen was ändern, wir kannten ja die Bilder von den in Plastikverpackungen verfangenen Meerestieren und so. Nur war es schwierig, was zu ändern, denn neben dem anstrengenden Job in der Werbeagentur, dreimal die Woche Fitness, zweimal die Woche Sex, dann die Eltern, die immer mehr abbauen, und mindestens ein Freund pro Monat, dem man beim Umzug helfen soll, dann samstags *Sportschau*, dienstags und mittwochs Champions League, Facebook-Statusmeldungen, Instagram-Follower checken, bei YouTube Videos von Poetry Slammern gucken, und dann hat mich der Text auch erst mal total nachdenklich gemacht, weil das stimmt ja schon, was die sagt, und das kostet ja alles Zeit. Am Wochenende auch mal aufs Land, hier und da ein Junggesellenabschied, die Hemden von der Reinigung holen, Fenster putzen, bei der Telekom anrufen, weil das Internet so langsam ist. *Entschuldigen Sie bitte, ich gucke hier gerade Game of Thrones, und mitten in der Szene mit dem bärtigen, nackten Mann, der intim wird mit einem Drachen, der wiederum seine Schwester ist, und dann* BLEIBT DAS BILD EINFACH STEHEN. *Jetzt lädt der schon seit drei Minuten und ich gucke die ganze Zeit auf diesen Penis!* Neben Early-Bird-Festivaltickets online kaufen und Bücher über Sadomaso-Sex lesen, dann auch noch die Kinder, der Kleine muss zum Taekwondo und Charlotte hatte ihre erste Menstruation, Essen kochen, einkaufen, shoppen, Wellness, Maniküre, Pediküre, Sektempfang, ins Kino gehen, Socken stricken, Sudoku in der Mopo, und ich brauch auch mal ein bisschen Zeit für mich!!!

ALSO 'TSCHULDIGUNG, DASS ICH DA NICHT AUCH NOCH ZWISCHENDRIN MAL EBEN DIE ERDERWÄRMUNG STOPPEN KANN!

Ich mach das Fenster auf, schweißgebadet
Es ist ein heißer Tag wie die meisten Tage
Manche sagen: Die Hitze wäre nur eine Phase und von den Chinesen erfunden
Aber wir waren schon immer gut im Scheißelabern

Jetzt stehe ich am Fenster, gucke raus gerade
Jedes Haus und die Straße unter Staublagen
Man sagte uns, dass wir unserer Zukunft voraus waren
Wie sie wirklich werden sollte, wollten wir uns nicht ausmalen

Wir haben unser Haltbarkeitsdatum deutlich aufgeschoben
Hatten alles, Haus und Boot, ernährten uns ausgewogen
Jetzt wächst nur noch wenig auf dem Boden
Dafür Staub in Poren und taube Ohren

Und ich, ich stehe als alter Mann da
Auf meiner Veranda
Blicke auf den Staub
Ein Kronkorken knallt
Eine Flasche kühles Craft-Bier – klingt gut
Befeuchte meine trockenen Lippen
Und sag mir
Nach mir
Die Sintflut

Daniela Seel

Die störrisch Schweifenden.
Die zur Vertreibung Bereiten.
Die unter der Erde noch Herrschenden.

—

Auch mein Körper krepiert, bestrickt von Komplizenschaft.
Weniger unverdächtig als in die Landschaft geblendet.
Was doch Lüge ist, Unterlassung.

—

Die Schneedecke wird nicht genügen.
Den Ältesten, ihrem verwahrlosten Straucheln.
»Unsere Aufgabe ist es, die Wildnis zu schützen, nicht Sie.«

—

Nicht vor Klauen, vor dem Aufrauschen, das die Klauen erzeugt.
Salbeistrauchsteppe, Weltliches. Immer-noch-Wüste.
Eine blattlose Demut vor ihrer Strenge.

—

Dass es Bedürftigkeit überhaupt braucht.
Instinkt zu durchkreuzen im Maul
mit der Frage, was Wildnis denn sei.

—

Goldadler, Wanderfalke, Rabe.
Schatten geduldig und gleißend.
Zu reglos, um zu beruhigen.

2. Kapitel

KINDER

Jan Cönig

Wald Thing

Zwischen dichten Fichten, übermannshohen Tannen:
Wo Spinnen Gespinste in die Astgabeln spannen,
spielen Hase und Rehkitz, Bache und Keiler
zwischen Moos und Gewächs, Wiese und Weiler.

Spechte morsen Gruselgeschichten für die Mäuse,
der Boden ist voll Leben, die Blätter voll Läuse.
Vögel zwitschern, in der Ferne grillt die Grille,
die Stimme des Waldes schwingt dezent durch die Stille.

»Anna, Hassan, Mirjam, Leo, Fabian, Cansu, Dennis, Songül, Justin, Albert, Katharina, Steve! Kommt mal her. Durchzählen! 12. Okay. Los geht's.«

Ich bin auf Walderkundung mit 12 Grundschulkindern. Damit die kleinen städtischen Smartphoneprofis mal was über die Natur lernen.

Ich zeige auf eine Pflanze. »Wisst ihr, was das ist?«

»Ein Baum«, sagt Fabian.

»Fast«, sage ich. »Das ist eine Brennnessel.«

»Au«, sagt Dennis, der sie natürlich angefasst hat.

»Wisst ihr, was das ist?«, frage ich. So schnell gebe ich nicht auf.

»Eine Brennnessel«, antwortet Justin.

»Fast. Das ist ein Ameisenhügel.«

»Und was ist das für eine Pflanze?«, fragt Albert.

»Das ist ein Stein.«

»Ich habe auch einen Stein«, sagt Steve.

»Nein, du hast Hundekot«, sage ich.

»Katharina hat einen Vogel getötet«, ruft Hassan aufgeregt.

»Hab ich nicht!«, sagt Katharina, die gerade ein Selfie mit einer toten Amsel macht.

»Wusstet ihr, dass Tannenzapfen nach der Fibonacci-Folge angeordnet sind?«, versuche ich noch mal mein Glück.

»Was sind Tannenzapfen?«

»Wer hat die angeordnet?«

»Was ist Fibonacci?«

Bevor ich antworten kann, meldet sich Mirjam: »Mein Handy sagt, das sind Kiefernzapfen. Weil Tannenzapfen wachsen nach oben und Kiefernzapfen nach unten.«

»Mein Papa ist Kiefernorthopäde!«, ruft Justin stolz.

»Genau. Und da hinten läuft ein Einhörnchen den Baum rauf«, antworte ich. Die Kinder folgen neugierig meinem Blick.

»Mein Handy sagt, es gibt keine Einhörnchen!«, sagt Cansu.

»Ihr packt jetzt mal alle eure Smartphones weg«, sage ich.

»Aber ich habe so eine App, die kennt alle Pflanzennamen.«

»Schön für die App. Aber ihr sollt das selbst wissen.«

»Wieso?«, mischt Albert sich ein.

»Weil ... vielleicht gibt es irgendwann keine Smartphones mehr.«

Erschrockene Blicke.

»Wieso?«, fragt Hassan.

»Weiß ich nicht. Vielleicht kollabiert die Weltwirtschaft und es gibt keinen Strom mehr.«

»Sicher wegen Trump«, meint Leo.

»Nein, nicht wegen Trump.«

»Wieso dann?«

»Das ist doch jetzt egal. Was machst du denn, wenn du im Wald bist und dein Akku ist leer?«

»Ich habe eine Powerbank!«, ruft Cansu stolz.

»Die ist auch leer.«

»Wieso bin ich im Wald?«, fragt Mirjam.

»Vielleicht weil Zombies in der Stadt sind«, meint Fabian.

»Nein, es sind keine Zombies in der Stadt.« Langsam verliere ich die Geduld.

»Warum sind wir dann im Wald?«, fragt Mirjam wieder.

»Weil euch jemand ausgesetzt hat.«

»Wer?«, fragt Dennis.

»Irgendwer.«

»Wieso?«, fragt Fabian.

»Wegen Trump.«

Das stellt die Kinder zufrieden.

»Leo, heb sofort das Bonbonpapier auf!«

»Aber ich lege eine Spur. Wie bei Hänsel und Gretel. Damit wir zurückfinden.«

»Hänsel und Gretel haben Brotkrumen ausgelegt«, antworte ich.

»Meine Mama sagt, Essen wirft man nicht weg«, sagt Hassan.

»Außerdem«, holt Leo aus, »haben die Vögel das Brot gefressen. Wenn sie Müll ausgelegt hätten, wären sie nicht verloren gegangen.«

Das ist ein bisschen dumm und ein bisschen schlau.

»Schaut doch mal, was für Tiere ihr hier im Wald findet.«

»Ich hab einen Vogel«, sagt Katharina.

»Hier sind Spinnen«, sagt Hassan.

»Iiiiiih!«, sagt Katharina.

Songül entdeckt eine Schnecke.

»Schau mal, Dennis, sogar die Schnecke hat ein Haus. Und deine Eltern haben nur eine Wohnung.«

»Durchzählen!«, rufe ich, um die Situation zu retten. »13. Wer bist du denn?«

Vor mir steht ein kleiner, neugieriger Junge.

»Max«, sagt er fröhlich.

»Herr Cönig, lebt Max hier im Wald?«, fragt Justin.

»Ja«, antworte ich.

»Und wo sind seine Eltern?«

»Die sind weg.«

Max weint.

»Vielleicht sollten Sie mal seine Eltern anrufen, Herr Cönig.«

»Gute Idee. Aber mein Akku ist leer.«

»Hast du keine Powerbank?«

»Nein, ich habe keine Powerbank.«

»Haben deine Eltern dich auch im Wald ausgesetzt, Herr Cönig?«

»Nein, das haben sie nicht!«

Die Eltern von Max kommen vorbei, schnappen sich ihren völlig verstörten Sohn und gehen kopfschüttelnd weiter.

»Wisst ihr«, sage ich zu den Kindern, »die Natur ist so was wie die Powerbank von uns Menschen.«

»Kann man mit Natur sein Handy laden?«

»Nein, ich meine das metaphorisch.«

Leere Blicke.

»Das ist ein Bild.«

»Mein Handy sagt, das ist ein Baum.«

Ich atme tief ein.

»Die Natur gibt uns Kraft und Energie und Sauerstoff. Wir brauchen die Natur, wie das Handy die Powerbank.«

Kurzes Schweigen.

»Und was ist mit den Tieren?«, fragt Songül.

»Was soll denn mit den Tieren sein?«

»Ist die Natur für die Tiere auch eine Powerbank?«

»Ja. Die Natur ist für alle eine Powerbank.«

»Nicht für meinen Vogel, der ist tot«, sagt Katharina.

»Auch der ist Teil vom natürlichen Kreislauf. Ein Tier, das

stirbt, wird von anderen Tieren gegessen, die dann weiterleben und einen Beitrag leisten.«

»Ich glaube, wir sind auch im Kreis gelaufen«, sagt Leo. »Hier liegt ein Bonbonpapier! Nee, ist gar nicht von mir.«

»Vielleicht hat jemand anders auch eine Spur gelegt«, meint Albert.

»Nein«, sage ich. »Das ist einfach nur Müll, den irgendwer in den Wald geworfen hat.«

»Aber wieso machen die Leute das, Herr Cönig?«

»Weil sie nicht nachdenken.«

»Ist doch voll dumm!«

»Ich passe auf meine Powerbank immer gut auf.«

»Haben die keinen Herr Cönig, der ihnen das verbietet, Herr Cönig?«

»Nein, das haben sie nicht.«

»Können wir hier bitte aufräumen, Herr Cönig?«

»Ja, von mir aus.«

»Darf ich meinen Vogel mit nach Hause nehmen, Herr Cönig?«

»Auf gar keinen Fall!«

Zwischen dichten Fichten, übermannshohen Tannen
fangen die Kinder an, den Müll einzusammeln.
Neugierig gehen wir dann noch etwas weiter
über Moos und Gewächs, Wiese und Weiler.

Spechte morsen Gruselgeschichten für die Kleinen,
die ohne App und Smartphone so richtig glücklich scheinen.
Vögel zwitschern, in der Ferne lachen die Bachen;
die Natur ist perfekt, wenn wir sie nicht kaputt machen.

Cecily Ogunjobi

Aufgabe 1

Ein Kind will eine Höhle bauen. Nachdem es verschiedene Lebensräume begutachtet hat, wählt es den Meeresboden. Der Grund ist von einer Kunstschicht bedeckt. Darüber wuchern Vergesellschaftungen, gebildet von blasenproduzierenden Einzellern. In der abnehmenden Artenvielfalt findet das Kind eine Nische. Dort kann es sich entfalten.

a) Wie viel Schlamm muss das Kind filtrieren, um als Detritusfresser zu gelten?

b) Wie viele Tiere muss das Kind erlegen, um als Prädator zu gelten? An wie vielen Ausrottungen muss es Schuld haben, um an die Spitze der Nahrungskette aufzusteigen? Ab wann macht es sich seinen Lebensraum zum Feind?

c) Unter der Annahme, Fall a) und Fall b) seien eingetroffen; der Schlamm enthalte nur noch Abfallprodukte, die Mitbewohner und Beutetiere seien vom Aussterben bedroht. Wie viel würde es das Kind kosten, primär zu konsumieren?

d) Welche Festigkeit hat die Kunstschicht? Hält sie der Höhle des Kindes stand?

Audio

Hinweis: Die Umstände sind gegeben.
Sie verbauen dem Kind seine Höhle.

Björn Rosenbaum

Generationenkonflikt

Zu meiner zweijährigen Tochter sage ich: »Mein Kind! Mon enfant! Die Nacht rückt heran und der Mond übernimmt die Wacht! Putzen wir dir die Zähne und lesen was von Bobo Siebenschläfer – und dann, sodann, gehst du zu Bett!«

Und die Kleine steht vor mir, im Mundwinkel popelnd, mit zur Mitte angeschrägten Fußspitzen, und kontert meinen Vorschlag schlicht und mit verblüffender Klarheit, denn sie antwortet:

»Nääääääääääää!«

Ich pariere: »Oh doch, mein Kind!«

Doch sie ... dreht sich wortlos um und geht.

In die Küche.

Und macht sich ein Bier auf.

Erziehungsberechtigt, nein, erziehungsverpflichtet, nehme ich ihr das Bier aus der Hand und insistiere mit Nachdruck, dass nun Schlafenszeit sei ...

Doch sie sagt:

»Nääääääääääää ... *Björn!*«

Und das schmerzt, wie einen glühend heißen Dolch ins Herz gestoßen zu bekommen ... »Björn?! Ich bin doch nicht Björn! Ich bin dein Papa ... du Arschkind!«

Also, ich insistiere wie der Teufel: »Mais oui! Mais oui!«

Und dann greift sie zur emotionalen Wasserstoffbombe:

Sie weint. Laut und bitterlich.

Ich bin ihr völlig ausgeliefert und wedle mit einem Stofftier vor ihrem Gesicht herum, dann mit hundert Euro und schließlich mit meinem Autoschlüssel ... »Nimm, Kind, nimm!«

Doch sie schaut zur Mama und scheint mit ihrem Blick zu fragen: »Mama, wenn ich wach bin, schickt er mich ins Bett, wenn ich müde bin, weckt er mich auf! Warum hast du Papa bloß geheiratet?«

Und in Mamas Augenrollen meine ich zu lesen: »Siehst du, Björn. Nicht mal das Kind versteht es!« Doch stattdessen sagt sie: »Na ja, dann geben wir ihr noch eine halbe Stunde.«

Die halbe Stunde beginnt damit, dass mir meine zuckersüße Tochter glucksend vor Freude mit einem metallenen Kreisel auf meinen Schädel einhämmert, und ich rufe: »Aua! Großer Gott, das tut doch weh!«

Meine Frau sagt: »Björn, reagiere am besten nicht, das macht es für sie erst interessant. Du musst sie ignorieren!«

Und so ignoriere ich, wie sie kontinuierlich auf mich einschlägt, immer und immer wieder, und irgendwann wirft mir meine Frau fröhlich ein Taschentuch zu, damit ich mir das Blut abwischen kann, das an meiner Schläfe herabrinnt, und sie ermutigt mich: »Gut machst du das, sehr gut!«

Mir reicht's! Ich rufe: »Unsere kakaowarme Lindgren-Kuscheligkeit wird mein Tod sein!« Doch meine Frau greift die Metapher auf und kontert: »Sie ist eben eher Pippi Langstrumpf als Annika!«

Innerlich denke ich, sie ist eher dieses Mädchen aus dem Exorzistenfilm, das die halbe Bude einreißt und die Erwachsenen vollkotzt und sich darüber dann noch halb totlacht, dieser Satansbraten!

Wo soll das bloß später mal hinführen?
»Papa, ich verdiene Geld mit Handyvideos, auf denen ich Fahrräder auf Polizisten schleudere!«

»Papa, am Bahnhof Zoo kann man kostenlos unter der Brücke schlafen, aber keine Sorge – meine Punkerkumpels Kröte, Pogosepp und Messerwaldi passen schon auf mich auf!«

»Papa, ich kann Bierdosen auf meiner Glatze platt drücken!«

Hatten denn du und überhaupt alle nach 2000 Geborenen es nicht immer gut bei uns? Wozu denn die Rebellion?

1968, ja, da machte das Sinn, da wollten die Nazieltern den Rock 'n' Roll und die Antibabypille verbieten, während die Kids den Vietnamkrieg beendeten, indem sie nackt Blumen pflückten und Gitarre spielten.

Aber ich – und wir?

Wir sind doch cool und lässig und up to date!

Also:

Werde!
Endlich! ...
... Wie ich dich haben will!
...

Drei ...

zwei ...

eins ...

»Nääääääääääää!«

Ihr sitzt in der Scheiße, die wir euch aufgetürmt haben.

Wir verspotten das schwedische Autistenmädchen mit den Zöpfen, aber wir meinen damit euch.

Denn das Problem mit der heutigen Jugend ist, dass man nicht dazugehört.

Dabei hat die Generation meiner Eltern allen Ernstes Rudi Dutschke gegen Helmut Kohl eingetauscht.

Und die größte Ikone meiner Generation war ein todtrauriger Heroinjunkie, der ein paar lumpige Riffs auf der Gitarre spielen konnte und sich am Ende den Kopf vom Hals gepustet hat ...

Was für eine Enttäuschung ...!

Was für eine beschissene Ikone ist das denn, bitte schön?!

Die Jugend eurer Eltern und Großeltern war vergeudete Nichtsnutzigkeit! Wir haben euch gar nichts zu sagen, aber wirklich: gar nichts!

Seid unbequem, denn mein Kind hat medizinisch betrachtet eine realistische Chance, das Jahr 2100 zu überleben.

Für mich ist eure Zukunft keine verdammte Science-Fiction.

Es ist meine Familie.

Es ist für mich: alles.

Mit der Thunberg im Rücken und Billie Eilish auf dem Ohr könntet ihr die beste Generation sein, die wir je hatten.

Also schmeißt den ganzen Laden um!

Und baut ihn gesund wieder auf!

Meinen Segen habt ihr.

Die Zeit ist jetzt.

Audio

Pascal Simon

Cookie Clicker

Es gibt ein Spiel im Internet mit dem Namen *Cookie Clicker*.

Links im Bild ist ein großer Chocolate-Chip-Cookie. Wenn man auf den klickt, dann hat man einen Keks gebacken. Das ist auch schon das ganze Grundprinzip: Du drückst da drauf und bekommst einen Keks. Und du magst Kekse, also machst du das.

Klick – Keks – Klick – Keks – Klick – Keks.

Aber es wird sogar noch besser. Rechts im Bild ist eine Liste mit Dingen, die du mit diesen Keksen kaufen kannst. Für fünfzehn selbst geklickte Kekse kriegst du zum Beispiel einen virtuellen Mauszeiger. Der erscheint dann neben dem Keks und drückt alle zehn Sekunden von selbst einmal drauf. Damit hast du dann deine ersten 0,1 CPS. *Cookies per second*.

Das klingt vielleicht im ersten Moment nach nicht besonders viel, alle zehn Sekunden einen Keks zu bekommen. Aber immerhin geht es ganz von selbst, also machst du das, und du kannst dir außerdem mehrere Mauszeiger kaufen. Je mehr du dir allerdings davon kaufst, desto teurer werden sie und du weißt zwar nicht, warum das so ist, aber bald kommst du zu dem Schluss: Das lohnt sich nicht mehr.

Also sparst du lieber ein bisschen und kaufst dir für 100 Kekse eine Oma, die in der Mitte erscheint und dir weitere Kekse backt. Immerhin einen pro Sekunde. Doch auf einmal merkst du, dass du deinen Mauszeiger upgraden kannst. Du weißt zwar nicht, warum, aber jeder Klick bringt dir dann zwei Kekse statt nur einem.

Das lohnt sich dann doch wieder, also machst du das, und du kaufst dir weitere Mauszeiger, die dann wiederum noch teurer werden, und dann gibt es plötzlich auch ein Upgrade für die Oma. Was irgendwie seltsam ist und du weißt auch nicht genau, warum, aber sie backt dir dadurch mehr Kekse, also machst du das. Dann kaufst du dir noch eine Oma und noch eine Oma und deine CPS steigen und steigen, sodass du bald schon expandieren kannst.

Du kaufst dir ein Feld, auf dem Cookies angebaut werden.

Du kaufst dir eine Mine, in der Cookies abgebaut werden.

Dann eine Fabrik, in der Cookies hergestellt werden, und nicht nur eine, sondern immer mehr und sie werden immer teurer, doch es gibt auch immer wieder Upgrades, die deine CPS steigern, und dann hast du ja wieder mehr Kekse, um dir noch mehr Omas und Felder und Minen und Fabriken zu kaufen, und du wartest schon ganz gespannt darauf, was denn als Nächstes kommt, und klickst immer weiter und immer öfter und immer schneller auf diesen Keks, bis auf einmal deine Maustaste in zwei Teile zerbricht, und du denkst dir nur: Fuck!

Was dir da gerade an Keksen durch die Lappen geht, weil du nicht klicken kannst. Bis zum nächsten Fachgeschäft sind es locker 20 Minuten. Plus 3 Minuten die richtige Maus finden. Plus 4 Minuten an der Kasse warten. Plus 20 Minuten Rückweg sind das 47 Minuten. Ohne klicken!

Glücklicherweise läuft das Spiel aber auch ohne dich weiter. Du weißt zwar nicht, warum, aber bei deinen aktuell 231 CPS sind das nach 47 Minuten rund 651.420 Cookies. Nice! Dann gehst du so richtig ab.

Du kaufst dir ein Raumschiff, das dir Kekse vom Keksplaneten holt.

Dann ein Versuchslabor, in dem erst aus Blei Gold und dann aus Gold Kekse gemacht werden. Du errichtest ein Portal, um Kekse aus einer anderen Dimension zu holen.

Für alles gibt es dann auch wieder Upgrades und deine Omas werden dabei immer seltsamer. Du weißt zwar nicht, warum, aber sie backen dadurch mehr Kekse, also machst du das.

Und du klickst immer und immer wieder auf diesen Keks, damit du noch mehr Kekse bekommst. Und du machst kaum noch etwas anderes, weil dir ja sonst so viele Kekse durch die Lappen gehen würden. Du planst deinen Tag so, dass du möglichst regelmäßig Upgrades kaufen kannst.

Da plötzlich erscheint aus dem Nichts ein goldener Keks. Einfach so, du weißt nicht, warum.

Als du auf den draufklickst, wird deine Produktion für 77 Sekunden mit 7 multipliziert. Also klickst du noch heftiger und schneller als je zuvor, es ist ein regelrechtes Ausrasten auf Maustasten.

Irgendwann fragst du deine Freundin, ob sie vielleicht für dich klicken könnte, wenn du mal in der Uni bist oder so, und du weißt zwar nicht, warum, aber sie trennt sich von dir.

Und du schmeißt die Uni hin, weil du keine Zeit mehr hast, und das, obwohl du dir mittlerweile schon Zeitmaschinen bauen kannst, um Kekse aus der Vergangenheit zu holen, bevor sie gegessen wurden.

Du kreierst immer mehr neue Sorten und Variationen und deine fleißigen Omas backen und ernten und züchten und schuften.

Irgendwann fängst du an, aus der Antimaterie des Universums Kekse zu kondensieren.

Du entwickelst ein Prisma, mit dem Kekse aus purem Licht hergestellt werden können. Irgendwie läuft da auch noch etwas mit Katzen und Milch, was du zwar nicht ganz verstehst, aber es bringt dir immerhin mehr Kekse, also machst du das.

Dann kommt das nächste Upgrade für die Omas und sie werden zu fiesen Zombies, die gegen dich aufbegehren, und du weißt zwar nicht, warum, aber wenn du sie totklickst, bekommst du Unmengen von Keksen, also machst du das und kaufst dir davon weitere Omas.

Das geht dann immer so weiter, du hast Milliarden von Cookies und es werden immer mehr, denn du baust alles voll und gräbst immer tiefer. Du fliegst immer weiter und überschreitest jede Grenze. Du verlierst jedes Maß und stellst alles andere zurück. Deine Welt besteht nur aus Keksen, doch auf einmal trifft dich die Erkenntnis: Du kannst sie nicht essen! Du hast nur eine riesige Maschinerie, die wächst und wächst. Sie hat aber kein anderes Ziel als das Wachstum selbst. Somit ist jeder Fortschritt eine Illusion, denn am Ende wirst du nicht mehr haben als am Anfang. Im Gegenteil. Deine Zeit bekommst du nicht wieder. Sie ist einfach weg. Das Spiel ist unendlich. Du bist es nicht. Die Produktion läuft dann ohne dich weiter. Egal, wie viele Kekse du gesammelt hast.

Auf einmal klingelt dein Telefon. Deine Oma ist dran. Sie fragt dich, ob du vielleicht mal wieder vorbeikommen willst. Ihr könntet einen Tee trinken und zusammen Kekse backen, so wie früher. Und auf einmal weißt du ganz genau: Das ist eine verdammt gute Idee, also machst du das.

Luka*s Friedland
(unter Mitwirkung von Cecily Ogunjobi)

Einige Berichtigungen über das Klima. Ein anthropozänes Klickstück

[DIE ANZAHL AN OFFENEN BROWSERTABS WÄCHST EXPONENTIELL.]

PROLOG.

1 Es gibt so viele Positionen und Themen und Perspektiven, ich weiß gar nicht, wo ich anfangen soll, so was wie Klimawandel literarisch zu (be)greifen.
2 Ja, wo sollen wir anfangen? Das ist alles so viel und so verwirrend.
1 Wie können wir das bündeln?
2 Klick mal da drauf, was ist das?

I. ICH ECOSIA JETZT.

YOUTUBE-PERSON Ich suche jetzt nur noch mit Ecosia, weil ich dann Bäume pflanze.

Die YouTube-Person grinst stolz. In der Hand eine Tasse mit der Aufschrift I LOVE TREES. Die Person macht sich groß vor der Kamera.

II. DER CHOR DER PSEUDOWISSENSCHAFT.

DER CHOR DER PSEUDOWISSENSCHAFT *im Gleichschritt* der klimawandel ist nicht real wir haben unser herz dem heartland institute geschenkt dort wird es in einem einweckglas aufbewahrt und wir schauen stattdessen auf erdachte zahlen und grafiken die hübsch aussehen und einfach einfarbig sind.

III. KLIMANEWS (STÄNDIG AKTUALISIERT).

SCHON 2030 KÖNNTE DIE ERDE EIN KLIMA WIE VOR DREI MILLIONEN JAHREN ERLEBEN.

VOR 25 JAHREN HÄTTE KEIN MENSCH GEDACHT, DASS ES SO SCHLIMM WERDEN KÖNNTE.

RECHTSKONSERVATIVE IN DEN REGIERUNGEN VERHINDERN DAS HANDELN.

MIT DEM KLIMAWANDEL WIRD DAS WASSER KNAPP.

OZONLOCH ÜBER DER ARKTIS ENTSTANDEN.

WIR ÜBERSCHREITEN UNUMKEHRBAR KIPPPUNKTE.

IST DIE ERDERWÄRMUNG NOCH ZU STOPPEN?

IV. TAB FOR A CAUSE.

Je mehr Tabs du öffnest, desto mehr Herzen sammelst du.
Spende deine Herzen, spende sie, sie werden zu Geld.

V. DER CHOR DER FRAGEN, DIE WIR UNS STELLEN, IMMER.

ich frag mich warum wir nicht wirklich etwas tun und warum verbrennen wir weiter warum verbrennen wir wie entstehen fossile wälder warum maßen wir uns an die überreste vergangener welten zu verbrennen und damit künftige zu zerstören und warum

VI. PLEISTOZÄN-PARK.

DAS SINGENDE GRAS
Wir werden wiederhergestellt
unsere Halme sie binden und binden
wir sind die eingegriffene Urlandschaft
wir wollen Steppentundra werden
wir binden und binden und binden
und werden gefressen

VII. DER PLASTIKSTRUDEL.

Dort ziehen die Trash Isles seit zwanzig Jahren über den Pazifik. Sie sind größer als Frankreich und sie expandieren ihr Territorium stetig. Ihr Mikroplastik setzt sich ab in den Blutbahnen.

VIII. WARUM FLUTEN WIR NICHT DIE MOORE?

GEIST MIT BLATTMÜTZE Trockengelegte Moore verursachen so viel CO_2 wie die Tierhaltung. Aber im Urzustand binden sie Treibhausgase. Warum fluten wir sie nicht einfach wieder? Torfbrände sind schädlich, Ackerbau auf Moorflächen tut nicht gut.

DAS GELD Du lügst! Das stimmt nicht!

GEIST MIT BLATTMÜTZE Und die Politik subventioniert Maismonokulturen auf diesen trockenen Mooren, anstatt sie zu retten. Geflutete Moore sind eine der effektivsten und kostengünstigsten Klimaschutzmaßnahmen, die es gibt.

IX. WAS VOM MARMORPODEST AUS ZU SEHEN IST.

Wie im Zeitraffer nimmt der Lebensraum indigener Kulturen ab. Die ersten Inseln sind von Überflutung bedroht. Ghoramara geht unter.
Die Wüsten dehnen sich aus.
Wie die Industriestaaten aus ihrer Ausbeutung noch Gewinn machen bis zur letzten Millisekunde.

X. SCHOOL'S OUT.

*Eine Gruppe von Schüler*innen stürzt sich in einen Tagebau.*

VHEMT Mögen wir lange leben und aussterben.
CHURCH OF EUTHANASIA
Du sollst dich nicht fortpflanzen.

[DER BROWSER STÜRZT AB.]

Audio

Jean-Philippe Kindler

Plädoyer für die Wut

Emotionale Tränen weisen in ihrer chemischen Zusammensetzung 25 Prozent mehr Proteine auf als absichtlich erzeugte Tränen. Das war mein erster Gedanke, als die Welt bei Facebook darüber zu diskutieren begann, ob Greta Thunbergs Tränen bei ihrer Rede vor der UN-Versammlung wirklich echt waren. Ja, ich dachte: Man hätte ihr einfach ein Reagenzglas unter die Augen halten können, dann wüsste man es. Und ich meine, klar, ich verstehe die Frage auch. Berührt sie das wirklich? Ist Greta Thunberg glaubwürdig? Frage ich mich auch. Interessiert sie sich wirklich für den Klimaschutz oder fackelt sie privat doch Ölfässer ab, »weil, das gibt einfach die authentischere Wärme.« Ehrlich gesagt ist es mir scheißegal, ob Greta Thunbergs Tränen echt waren oder nicht. Viel wichtiger ist doch die Erkenntnis, dass wir als Gesellschaft offensichtlich überfordert davon sind, wenn ein politisches Subjekt zu weinen beginnt. Ich glaube, das ist so, weil wir es verlernt haben, negative Gefühle im politischen Kontext zu ertragen und zuzulassen. Egal was passiert, es wird erwartet, die Dinge von ihrer positiven Seite zu betrachten. Denn wer die Dinge positiv betrachtet und negative Gefühle verbannt, der wird glücklicher. Das sagt zumindest die positive Psychologie, wenn sie ihre zahlreichen glückssteigernden Apps mit dem Satz »Happiness is a choice!« bewirbt. Glücklichsein ist eine Entscheidung.

Und wisst ihr was, ich habe mich drauf eingelassen. Ich lade mir also diese App runter, wähle eine Mission aus, sie heißt:

»Negative Gefühle effektiv verbannen.« Da ich im Selbsttest der App vorher angegeben hatte, dass mich politische Krisen oftmals traurig machen, bekomme ich jetzt als erste Aufgabe von der App befohlen, ich zitiere: »Das ständige Leid der Welt macht dich traurig. Aber du musst auch auf dich achten, willst du glücklich sein, so musst du die Dinge positiv betrachten. Mache also jeden Morgen nach dem Aufstehen die Musik laut und tanze durch die Wohnung. Das bringt dich auf andere Gedanken.« Gesagt, getan. Ist doch ganz einfach. Schon mal den Gender-Pay-Gap-Verdrängungsmove machen. Soziale Ungerechtigkeit? Tanze ich weg! Tote auf dem Mittelmeer? Tanze ich weg!

Immer muss man alles positiv sehen, ich meine, aus allem kann man lernen, jeder ist seines Glückes Schmied, sieh es einfach positiv. »Klar, Hamza, du musstest zwar übers Mittelmeer flüchten und deine Familie im Krieg zurücklassen, aber hey, mach dir doch mal 'n Risotto, mach dir doch erst mal 'n Risotto, sieh es doch mal positiv, dafür kennst du dich jetzt richtig gut auf den ägäischen Inseln aus.« Wut, Hass, Ärger, das bringt uns doch nicht weiter, das ist doch nicht konstruktiv.

Kurze Anmerkung: DOCH! Was glaubst du, wie das mit dem Frauenwahlrecht funktioniert hat? Glaubst du, die Birgit ist zum Ralf gegangen und hat freundlich gefragt? »Ehm, Ralle? Stör ich grad? Hast du 'ne Minute? Also es ist so: Die Inge und ich, also wir würden auch gerne, aber wirklich nur, falls du nichts dagegen hast, wir würden auch ganz gerne, wenn es keine Umstände macht, würden wir gerne auch wählen, nicht? Okay, nee, na gut, dann mach ich uns ein Risotto.« Nee, hat sie nicht. Die Birgit ist ordentlich ausgerastet. Und das mögen wir ja bis heute nicht. Besonders Frauen dürfen im Prinzip in der Öffentlichkeit nicht wütend sein. Wenn ich einen feministischen Text auf der Bühne vorlese und dabei laut werde, dann unterstellen Menschen mir eine Art Ehrenamt: »Ach toll, dass der Junge sich so leidenschaftlich engagiert für Sachen, die ihn gar nicht betreffen.« Wenn eine Frau einen feministischen Text auf der Bühne vorliest und dabei laut wird, heißt es oft: »Ah, ich glaube die hat gerade wenig Sex. Ah, sie ist zickig. Ah, ich glaube, sie will Männer verbrennen, MATRIARCHAT, die wollen ALLE EIN MATRIARCHAT!«

Martin Seligman, der Begründer der positiven Psychologie, hält das Glück eines jeden Menschen für größtenteils beeinflussbar. Man müsse nur die richtigen Entscheidungen treffen. Zitat aus einer Rede: »Nicht ich habe die positive Psychologie gefunden, die positive Psychologie hat mich gefunden. Sie hat nach mir gerufen, so wie der brennende Busch nach Moses.« Da fragt man sich halt schon, warum Seligman nicht ebenfalls von einem brennenden Busch gerufen wurde. Und warum er nicht einfach reingelaufen ist. Die Logik der Positivität ist einfach: Du selbst kannst alles beeinflussen. This is your life. Do what you love and do it often. Life is simple. Travel often. If you don't like something, change it. If you don't like your job, quit. Genau, liebe unterbezahlte Putzkraft mit Migrationshintergrund in Berlin-Neukölln. Weißt du was, wenn dir dein Job nicht gefällt, dann quit. Scheiß auf deine zwei Kinder, denen du nur dann Schulbücher kaufen kannst, wenn du verfickte Doppelschichten einlegst, es liegt alles in deiner Hand; denn es ist dein Leben, lieber Krankenpfleger, dir passt nicht, dass du nur sechs Minuten Zeit hast pro Patient*In? Sieh es doch einfach als Gelegenheit, noch effizienter zu arbeiten. This is your life, du entscheidest, liebe*r Zehntklässler*In, du gehst zu Fridays for Future? Dann habe ich einen Tipp für dich. Sie sagen dir, du sollst nicht wütend sein, dich nicht ärgern. Man dürfe die Klimaschutzdebatte nicht so emotional führen. Weißt du was? Führ diese Debatte emotional. Sie wollen die Dinge positiv sehen? Das bedeutet, sie wollen die Dinge unverändert lassen.

Seligman sagt, dass man Optimismus lernen kann – die Welt muss nicht weniger schlimm werden, sondern wir einfach besser gelaunt. Es braucht unsere Wut, um zu erkennen, dass durch einen solchen Glücksfetisch noch jede Ungerechtigkeit, jede Ausgrenzung und jeder Schaden an unserer Umwelt hinnehmbar wird. Wir brauchen die Wut, um zu sagen: Diese Welt MUSS weniger schlimm werden. Unsere Wut leugnet nicht den Fakt – sie macht ihn erst sichtbar. Sie macht ihn politisch. Und dadurch die Welt – tatsächlich – ein bisschen weniger schlimm.

Simeon Buß

Kein Gespräch

Im Land *Das-hamwa-immer-so*
am *Festtag der Persönlichkeit*
im Kreisbezirk *Hier-wird-belohnt-*
wer-sich-stets-versöhnlich-zeigt
in der Stadt *Wer-A-sagt-muss-auch*,
am *Fluss des selbstgerechten Neids*,
da sieht man eine Menschenmenge,
die auf dem *Platz der Leibesenge*
beflissen ihre Köpfe neigt,
kein Gespräch, nicht mal Geflüster,
jede, bis auf eine, schweigt.

Denn vorn, auf der *Ich-glaube!-Kiste*,
steht sie. Die Wangen wahrheitsrot,
Augen wie aus Traum gerissen,
das Ich dahinter wirkt verroht,
Was-sollen-denn-die-Nachbarn-Haare,
und Kleidung, die nicht zu wundern braucht,
sie ist *Willst-du-keine-Kinder?-Jahre*,
denn statt Kindern hat sie Wut im Bauch.
Und das nicht wegen der *Lust-hab-Blicke*,
an die hat sie sich quälgewöhnt,
nicht wegen: »Süße, willste ficken?«,
nicht wegen »Lidstrich hätt' das aufgeschönt«,
nicht wegen »Das könn' Frauen nich'!«,

nicht wegen »Jetz hör auf, dich zu beschweren!«,
nicht wegen »Sei ma' nicht so zimperlich«,
nicht wegen »Lass mich dir das mal erklären«.

Nein, sie steht nicht deshalb dort,
weil sie eine Frau ist,
sie steht heut an diesem Ort,
weil das Leben hier so grau ist.
und niemand wirklich weiß,
was es eigentlich ganz genau ist,
alle wissen nur,
'ne Veränderung, die braucht es.
Und selbst wenn das bei manchen
nur so ein Gefühl im Bauch ist,
sind sie bereit, mal was zu tun,
was nicht seit Jahren Brauch ist,
doch sind sie noch gehemmt,
so als bräuchten sie Erlaubnis,
denn sie fürchten sich vor dem,
was ihnen nicht vertraut ist,
zumal in *Hamwa-immer-so*
nicht ganz so viel erlaubt ist,
weil es dort seit *immer-schon*
'ne adlige Durchlaucht gibt,
die mit eis'ner Faust regiert,
vom Schloss *Autos & Aufschnitt*
& Rauschgift,
weil das Volk nun mal gut drauf ist,
wenn's berauscht ist.

In diesem Kontext steht sie nun,
vorm dichten Menschgedränge,
weiß nicht: Was sollen die Hände tun?

Kämpft gegen innere Zwänge
und gegen ihre Schüchternheit,
denn auch wenn diese Menschenmenge
zur Ausnahme mal nüchtern bleibt,
so sprechen doch die Blicke Bände
und in jedem Blick liegt Zwist und Leid.
Blicke grau wie Hochhauswände,
und jeder Blick bemisst ihr Sein:
»Die könnt' sich doch auch mal wieder …«
Und: »Die is' wohl 'ne Miss Sonnenschein«,
»Ob die für ihren Bauch trainiert hat?«,
»Wer so schön ist, muss dämlich sein.«
In jedem Blick Bewertungsmuster,
Erfahrungsschatz wird abgerufen:
Passt das, was ich schon gewusst hab,
auf das, was dann andre schufen?
Die Welt, sie dreht sich, schwindelt Bilder,
die Blicke stechen ihr ins Fleisch,
dann holt sie Luft und sagt sich: »Chill mal …
du hast nicht nur recht, es ist auch Zeit.«

Und dann erhebt sich ihre Stimme
mit Worten, die sie grad erst findet,
spürt, wie Leben sich durch Sinne,
Körper, Geist und Streben windet,
um dann aus ihr auszubrechen,
sodass die ganze Stadt es hört:

»Wieso ist anders hier ein Verbrechen?
Und wem gehört dieser verdammte Stempel ›Gestört‹?
Wer ist dieser ›Norm‹, dem wir entsprechen?
Und warum seid ihr nicht empört?
Dass die, die ›hamwa immer so‹

am meisten proklamier'n,
auch die sind, die seit immer schon
alleine profitier'n.
Sie zahlen uns 'nen Mindestlohn,
um Gewinn zu maximieren,
›Es ist alternativlos, Sohn,
das System muss hart florier'n.
Genug? Genug? Wer weiß das schon.
Wir müssen expandier'n …‹
Das funktioniert nicht von allein,
wir lassen's funktionieren.
Und das auf Kosten unsrer Welt,
die wir einfach zerstören …
Ich frag euch: Wer ist hier ›gestört‹?
Und wem sollte der scheiß Stempel eigentlich gehören?

Wenn man merkt, dass A ein Fehler war,
wieso muss man dann noch B sagen?
Nur weil man einmal Seemann war,
muss man doch nicht zur See fahren …
Ich find das schon extrem banal,
wobei für mich nur die extrem waren,
die in Anbetracht der letzten Wahl'n
Vertrauen ins System haben,
Ich meine: Gut, erklärt mir mal:
Wenn so viele so viele Ideen haben,
wie kann's dann sein, dass trotz Baumaterial
da statt Häusern am Ende Barrieren waren?
Die Antwort ist, etwas pauschal:
Weil große Firmen ihre Finger im Lehm haben
und jedes Gesetz mit Potenzial
gekippt wird, weil die was dagegen haben.
Und wenn du das verstehst, dann glaubst du erst mal,

dass sich die Dinge allein nicht bewegen lassen,
doch schau dich doch um, vertraut euch doch mal:
Wir sind die sich erhebenden Massen!
Die aus den ›Weiter-so‹-Ritualen
ein ›Lasst uns was Neues erleben‹ machen.
Denn sie können uns nichts mehr nehmen,
wenn wir uns nichts mehr nehmen lassen!«

Und damit hält sie inne
und hebt ihre Faust,
erwartet, dass andre es auch tun,
oder zumindest Applaus,
Doch stattdessen ruft einer:
»Kind, wie siehst du denn aus?
Musst du nicht in die Schule?
Wartet niemand zu Haus?
Geht's dir nicht gut?
Sag, wenn du etwas brauchst ...
Aber komm von der Kiste
und red nicht so'n Kraut.
Wir brauchen keine Lektionen,
von wem, der nicht durchschaut,
dass unsere Tradition,
unsre Kultur, unser Brauch,
weder Verbesserung noch Veränderung braucht.«
Dann zeigt der Mann den Mittelfinger
und die Masse löst sich auf.

Im Land *Das-hamwa-immer-so*
am *Festtag der Persönlichkeit*
im Kreisbezirk *Hier-wird-belohnt-*
wer-sich-stets-versöhnlich-zeigt,
in der Stadt *Wer-A-sagt-muss-auch*,

am *Fluss des selbstgerechten Neids,*
da sieht man keine Menschenmenge
auf dem *Platz der Leibesenge;*
nur Licht, das sich dem Abend neigt,
und ein paar Kinder und Kind Gebliebene,
die Zukunft als ein »Doch noch« sehen,
durch ihr Bleiben fast Vertriebene;
vertrieben, weil sie Hoffnung säen
und weil sie, bei aller Liebe,
die Älteren nicht mehr verstehen,
die in Anbetracht allen »Das wird nichts«
im »Weiter so« den Lichtblick sehen.

Leonie Klendauer

Über Springer

Verse 1

Das Auto hupte. Celeste hatte es nicht kommen hören. Sie hob die Hand. Überquerte die Fahrbahn. Am Hauptbahnhof war wie immer viel los. Einkaufstüten streiften sie. Sie sog die warme Luft ein. Der Mai war unbeständig wie der April, aber nicht heute. Celeste sah hoch, der Himmel war globusblau, als sie die Straße zum Main entlanglief. Sie zog das Handy aus der Potasche, um den Chat mit Lucian noch mal zu lesen.

Im Schach war ich mal Hessenmeister, spiele aber nur noch selten.

Also spielst du am besten ohne Dame, wenn wir mal zusammen spielen ;)

Ohne Dame fühle ich mich auf dem Spielfeld ganz nackt, das wäre, wie wenn du oben ohne spielen müsstest.

Das würde ich auch nicht machen :D

Wir können gerne den Deal machen, dass ich ohne Dame spiele, wenn du oben ohne spielst :D Im Gegenzug darfst du dir danach ein Spiel aussuchen, in dem du gut bist.

Celeste stieß Luft durch die Nase aus. Sie war minimal nervös. Im Schaufenster sah sie sich, eins neunundsiebzig, er hatte geschrieben, das finde er gut, er sei eins sechsundachtzig. Endlich mal wieder jemand, der größer war als sie.

Ihr Spiegelbild verschwand mit einem Stück Hauswand, tauchte aber nach ein paar Schritten wieder auf. Die braunen, gerade bis über die Ohren fallenden Haare, die spitze Nase, die Stirn, auf der sich schon jetzt mit 19 eine zarte Falte abzeichnete, und die hellblauen, schwarz umrandeten Augen, die sie genauso gleichgültig erscheinen lassen wie zum Blitzen bringen konnte. Dazu die grüne Lederjacke über dem dunklen T-Shirt, die engen Jeans und die weißen Sneakers, die sie cool, aber nicht schön machten. Celeste lächelte. Doch, sie war zufrieden.

Als sie an der Ampel zum Mainufer stand, sah sie zurück. Zwei Anzugträger kamen direkt hinter ihr zum Stehen. Sie drehte sich wieder zur Ampel, die grün wurde.

E-Roller und Fahrräder beherrschten den Weg am Wasser, ein paar Spaziergänger trauten sich dazwischen, auch Celeste. Die Hochhäuser im Rücken, auf der anderen Seite des Flusses die Museen, ein ganzes Stück vor ihr der Eiserne Steg, bunt glänzend von den unzähligen Liebesschlössern.

Celeste ging langsam. Im Zug hatte sie sich gestresst gefühlt, jetzt wollte sie nicht zu früh ankommen. Ein Fahrradfahrer schnitt sie. Sie hatte Lucians Gesicht vor Augen, die feinen Züge und das offene Lächeln. Sie war gespannt, wie viel Ähnlichkeit er mit seinem Profilbild haben würde.

Eine Nilgans watschelte vor ihr über den Weg. Ein ganzes Volk Nilgänse hielt sich auf der Wiese auf. Die Vögel mit dem Hundefell wurden immer offensiver. Celeste ging vorsichtig an der Gans vorbei. Es war nicht mehr weit bis zum Eisernen Steg. Sie konnte die Menschen dort schon erkennen. Lucian schien nicht darunter zu sein. Sie schaute aufs Handy und sah eine Nachricht von ihm:

Bin da, trage hellblaues Hemd.

Celeste erreichte die Brücke, ging um den Brückenfuß herum und sah ihn.

»Hi«, sagte sie.

»Bist du Celeste?«, fragte er.

»Und du Lucian?«

Sie sah ihm ins Gesicht. Er war blasser als auf dem Foto, die Züge mehr nach unten gezogen, er lächelte kaum.

»Ich muss sagen, ich bin leicht nervös«, sagte er. »Das ist mein erstes Tinder-Date.«

»Ich bin auch nervös«, sagte sie.

Vor dem ersten Date hatte sie sich fast in die Hose gemacht, mit der Zeit war sie lockerer geworden, bei den letzten Treffen völlig entspannt gewesen, doch nun tatsächlich etwas aufgeregt.

»Lass uns vielleicht drüben schauen, ob wir dort eine schöne Stelle finden«, sagte er.

»Eine Stelle ohne Nilgänse?«

Sie gingen die Stufen zu den Liebesschlössern hoch.

»Früher habe ich mich hier unter der Brücke immer mit Freunden zum Laufen getroffen«, verstand sie. »Wir sind um sechs los und dann von Brücke zu Brücke.«

»Gehst du auch gerne früh laufen?«, fragte sie.

»Was? Wir haben uns zum Saufen getroffen.«

»Ach so.«

Celeste war Nichttrinkerin. Die Trinker profilierten sich unaufhörlich, während die Nichttrinker schwiegen. Raucher gab es nur noch selten, genauso wie Schnee in den Höhenlagen, aber der Alkohol floss überall, unaufhaltsam wie der Meeresspiegel.

Sie gingen schweigend nebeneinander her.

Hinzu kamen neue Probleme, Smartphonesucht, Pornosucht, Bakterien aus dem Eis. Etwa die Hälfte der Menschen auf der Brücke sah aufs Smartphone. Celeste brach das Schweigen, als sie die Treppe auf der anderen Seite erreichten.

»Wo kann man hier eigentlich gut feiern gehen?«, fragte sie.

Lucian zählte eine Reihe Clubs auf und sie sprachen kurz über Kopfhörerpartys, auf denen jeder zu seiner eigenen Musik tanzen konnte – mit dem Smartphone am Po.

Als sie am Dönerschiff vorbei waren, setzten sie sich auf die Wiese. Nur der Weg trennte sie von den Gänsen, die die Mainmauer auf dieser Seite des Flusses bevölkerten. Lucian zog ein kleines, zusammengeklapptes Schachspiel hervor.

Celeste begann, aber der Trick, jemanden in vier Zügen matt zu setzen, funktionierte bei ihm nicht. Im Laufe des Spiels klärte er sie auf, dass Springer und Läufer gleich stark waren. Springer am Rand seien außerdem ungünstig. Celeste setzte ihre Springer ungern ein. Sie verlor in wenigen Minuten.

»Magst du noch eine Runde spielen?«

Er bewarf sie mit Stöckchen. Celeste nahm eins und warf es weit weg. Sie spielten mit den Stöckchen Weitwurf und sie gewann.

»Hast du bestimmte Angewohnheiten?«, fragte er.

»Nicht dass ich wüsste«, sagte sie. »Du?«

»Ich schaue oft aufs Handy, wenn ich nervös bin ... Bist du eine gute Küsserin?«

Auch das konnte sie nicht sagen.

Sie zuckte mit den Achseln. »Ich habe noch niemanden richtig geküsst.«

Er sah sie erstaunt an. »Ich würde mich anbieten.«

Wenn er nicht lächelte, sah er sehr ernst aus, aber gut, und sie war neugierig.

»Okay.«

Er rückte an sie heran, nahm ihr Gesicht zwischen die Hände und küsste sie. Ihre Zungen spielten miteinander wie zwei Nacktmulle. Sie sah sich aus Sicht der Passanten, die verschwommen im Hintergrund vorbeigingen, und fühlte sich schwach – als hätte sie etwas Entscheidendes übersprungen.

Refrain

Celeste hatte zwei Plätze für sich allein. Lucian hatte sie zum Abschied noch mal geküsst, ihr aber gesagt, dass er eher an etwas Lockerem interessiert sei. Halbe Hochhäuser zogen vorbei, sie sah die vielversprechenden Wolkenkratzer nicht. Sie setzte sich schräg, zog den rechten Schuh aus und winkelte das Bein an. Sie hätte einen Marathon laufen können. Stattdessen schnipste sie mit den Zehen.

Das war ihre Angewohnheit. Sie hauchte aus. Sie hatte noch diesen Geschmack im Mund, von dem sie nicht wusste, ob er von seinem oder ihrem Speichel stammte. Es roch genauso unangenehm, wie es schmeckte.

Es wurde immer stickiger. Sie schwitzte. Ein Junggesellinnenabschied lärmte ein paar Sitze hinter ihr. Es war ihr ein Rätsel, wie man bei den Temperaturen Alkohol trinken konnte. Aber noch unerklärlicher war, woher diese Hitze auf einmal kam!

Plötzlich hörte sie Geschrei. Eine der Frauen in den pinken T-Shirts schien umgekippt zu sein. Eine andere lief durch den Gang und fragte schrill nach einem Arzt.

»Ich könnte hier auch kollabieren«, hörte sie eine ältere Dame im Nebensitz sagen.

Dann wurde auch Celeste schwarz vor Augen.

Verse 2

Als Celeste wieder zu sich kam, war es immer noch heiß. Das Erste, was sie sah, war die Skyline. Sekunden später stellte sie fest, dass sie ein gelbes Sommerkleid trug.

Der Zug fuhr wieder auf den Hauptbahnhof zu.

Ihr Handy piepte. Sie brauchte einen Moment, um zu begreifen, dass es in dem roten Handtäschchen neben ihr steckte.

Die Tinder-Flamme zeigte an, dass sie eine Nachricht von Henk bekommen hatte.

Sehr perfekt, dann am Eisernen Steg um 16 Uhr, bis später :)

Es war 15:37 Uhr. Der Zug hielt. Celeste fühlte sich benommen. Sie nahm das Handtäschchen und stieg aus.

In der Bahnhofshalle war es tropisch warm und feucht. Es trieb sie zum Hauptausgang. Als sie hinaustrat, begann es zu schütten. Sie sah in der Handtasche nach, ob sie einen Schirm dabeihatte, aber fand nur Taschentücher, Minzbonbons, Handy und Portemonnaie. Bis zum Eisernen Steg waren es zwanzig Minuten, sie hatte keine Zeit, sich unterzustellen. Aber verkaufte dm nicht auch Schirme? Sie eilte zur Ampel, lief über Rot und auf den Laden zu. Er hatte geschlossen, auch hinter anderen Schaufenstern war es dunkel.

Sie schlug die Straße zum Main ein. Die Straße war sehr viel leerer, als sie es gewohnt war. Celeste trat auf einen losen Bordstein. Die Pfütze schwappte auf die glatt rasierten Unterschenkel und sickerte in die Ballerinas, an die sie sich ebenso wenig erinnerte wie an die Tasche und das Kleid.

»Scheiße«, zischte sie und kramte das Handy hervor.

Sie tippte auf Henks Profilbild, um das Gesicht größer zu sehen. Die Tropfen auf dem Display störten. Celeste wischte mit der Hand drüber. Henks Gesicht war ebenmäßig, er sah sympathisch aus. Er hatte angegeben, Wirtschaftswissenschaften zu studieren und 21 zu sein.

Auch am Main waren kaum Leute unterwegs. Der Main

hatte seinen Glanz im Grau verloren. Celeste beeilte sich, zum Eisernen Steg zu kommen. Die Wiesen waren angenehm leer ... Wo waren die Nilgänse? Selbst ihren Kot schien der Regen weggespült zu haben.

Henk stand noch nicht am Eisernen Steg, weder vor noch hinter dem Brückenfuß. Celeste stellte sich direkt davor, inzwischen vollkommen durchnässt. Nach einer Weile ging ein Junge mit nassen, blonden Haaren an ihr vorbei. Er sah sie kurz an, aber beachtete sie nicht weiter und verschwand hinter dem Brückenfuß. Celeste erkannte ihn. Sie wartete kurz, bevor sie ihm folgte.

Er hatte sich am Ufer positioniert.

»Hi«, sagte sie.

Sie war erstaunt über das Selbstbewusstsein, mit dem sie auf ihn zuging.

»Du musst die Celeste sein«, sagte er.

Er strahlte sie an.

»Und du der Henk.«

Er war einen halben Kopf kleiner als sie, aber sah wirklich sehr gut aus. Nur ziemlich jung.

»Wollen wir gleich zu mir gehen?«, fragte er.

Der Regen war wie ein Vorhang zwischen ihnen.

»Okay«, hörte Celeste sich sagen.

Interlude

»Was ist das für eine Demo?«, fragte sie.

Nachdem sie seine Wohnung begutachtet hatte – das Bett, den Tisch, die Kaffeemaschine, das New-York-Bild –, schaute sie aus dem Fenster. Henk stand hinter ihr.

»Die Sonntagsdemo.«

Sie sah den Planeten mehrmals in Flammen stehen. Auf manchen Plakaten waren auch Smartphones abgebildet.

»Sonntags?«

»Smartphones, Plastik weg, schon viele sind an Krebs verreckt«, entzifferte sie. Der Marsch war wie ein volles Kassenband.

»Das geht das ganze Wochenende lang so.«

Jung und Alt marschierten durch den Regen, statt Schirmen Plakate in der Hand, statt Kapuzen Banner um den Kopf.

»Und du läufst nicht mit?«, fragte Celeste.

»Ich bekomme Bauchschmerzen von den oberflächlichen Reden.«

Die Rufe drangen gedämpft ins Zimmer.

»Komm.«

Er zog sie aufs Bett. Sie küssten sich.

»Stört dich das Kleid nicht beim Knutschen?«, fragte er.

»Doch«, sagte sie.

Sie fühlte wieder diese Schwäche. Er zog das Kleid aus, auch sein T-Shirt, und küsste sie weiter.

»Stört der BH nicht beim Knutschen?«

Seine Stimme klang tiefer, er wirkte breiter, größer über ihr.

»Doch.«

Er zog den BH aus und seine Hose. Fasste Celeste an und küsste sie. Schauer durchströmten sie.

»Stört der Slip nicht?«

»Nein.«

»Sag mir, was ich für dich tun kann«, raunte er.

»Was rufen sie?«

Er sah zur Seite. »Alarmstufe rot, morgen sind wir tot.«

»Was kann ich tun?«, fragte sie.

Er hielt inne.

»Es gäbe da was«, flüsterte er schließlich. »Aber dafür braucht es Vertrauen, hast du gesagt.«

Refrain

Celeste hatte vier Plätze für sich allein. Henk hatte sie zum Abschied nicht geküsst, aber ihre Nummer gewollt. Sie achtete auf die Schienen, die immer weniger wurden, bis nur noch ein Gleis neben dem Zug herlief. Sie hätte um die Welt reisen können. Ihre Zehen zuckten.

Sie hatte noch den Geschmack von dem, was sie getan hatte, im Mund. Davon, wovon sie gedacht hatte, dass es danach kam. Das Eigentliche hatte sie nicht getan.

Im Zug wurde es immer kühler. Jemand erzählte lautstark von einer toten Katze, wie sehr er sie geliebt und dass sie leider nicht ihm gehört habe. Sie sei trotzdem seine Mieze gewesen.

Celeste war plötzlich sehr müde. Sie hatte so viele nette Kerle getroffen.

»Auf Miez«, rief der Mann.

Celeste bekam Gänsehaut. Sie hatte so viel geswipt, so viele Matches gehabt.

»Auf Miez!«

»Halt's Maul«, rief ein anderer.

Celeste fielen die Augen zu.

»Auf Miez!« hielt sie nicht mehr wach.

Outro

Als Celeste aufwachte, stand der Zug.

»Endstation«, rief der Schaffner.

Sie stand auf, langsamer, als sie wollte. Sie schien der letzte Fahrgast zu sein. Durch das Fenster sah sie einen heruntergekommenen Hof, der auf einer weiten Erdfläche stand.

»Was?«, fragte sie, aber der Schaffner war verschwunden.

Sie stieg aus, draußen war es recht kühl. Die Tür schloss sich hinter ihr. Der Zug setzte sich in Bewegung und ruckelte davon. Sie sah ihm ungläubig nach, bis er nicht mehr zu sehen war. Sträucher überwucherten die Schienen, als hätte es den Zug nie gegeben.

Sie wandte sich dem Hof zu. Das Tal war von braunen Hügeln umgeben, sie erkannte zerstörte Wälder. Sie ging auf den Hof zu, nach vorn gebeugt, sie trug ein fleckiges, geblümtes Kleid. Ein stechender Schmerz fuhr den Reißverschluss am Rücken lang. Nur ihre eigenen, schweren Schritte und Atemzüge waren zu hören.

Die Haustür stand offen.

»Hallo?«, rief sie, als sie ins Haus trat.

Eine alte Stimme hallte zurück. Sie durchquerte das Zimmer, in dem sich ein Strohbett, ein Kamin und ein Kessel befanden. Staub hatte sich wie Schnee über den Holzboden gelegt. Celeste musste husten. Sie steuerte auf die geschlossene Hintertür zu. Als sie ankam, zog sie sie auf und trat hinaus.

Hinter dem Haus hatte jemand Beete angelegt, die abgeerntet waren. Celeste legte sich auf die rissige Erde. Sie sah zum Himmel, der sich allmählich rosa färbte. Etwas sagte ihr, dass es das letzte Mal war, aber sie spürte ein Kribbeln, das vielleicht Liebe war.

Audio

Lea Weber

Zweitausenddreißig

Ich habe eine Welt gesehen, die ich so nicht kannte.
In meiner Erinnerung sah sie ganz anders aus
    und plötzlich verstand ich,
die Wolken sind nur Projektion, die Wälder sind aus Plastik,
das Wasser fließt in Rot flussaufwärts,
    der Wind peitscht viel zu hastig.
Ich würde dich so gern spielen sehen, auf der Straße und am Fluss,
gleich nach der Schule und Mittagessen geb ich dir einen Kuss
auf die Stirn und sag: »Bis später,
    komm mit den Glocken heim.«
Und du liebst nichts so sehr, wie draußen in der Welt zu sein.
Doch wenn du mich fragst: »Mama, wie sahen Löwen aus?«,
dann tut mir das einfach weh.
Dein Blick spricht sprachlos, Bilderbände,
    du kannst es nicht verstehen,
warum sie noch in den Liedern sind, aber nicht mal mehr im Zoo.
Wieso der Bach da »bäh« ist und Papa sagt: »Sei froh,
dass wir überhaupt zu trinken haben«,
    nimmst du ganz einfach hin,
es ist schließlich nicht deine Schuld, bist klein, so jung, ein Kind.
Und ich halte dich fest in meinem Arm,
    dass dir sicher nichts passiert,
weil ich weiß, wie schnell man hier seinen Verstand verliert.
Meine Geschichten glaubst du kaum,
    für dich wie frei erfunden,

doch soll wenigstens deine Fantasie
    noch Berge und Meer erkunden.
Dabei bezahlst du mich reich und gut
    mit jedem kleinen Lachen,
während ich Tag für Tag versuche,
    diesen Ort erträglich zu machen.
All das nur für den Wunsch in mir, der uns zusammenhält,
    läg es bei mir, dann schenkte ich dir eine bessere Welt.

Ich möchte dir eine Welt schenken, in der die Kühe lila
und der Himmel fliederfarben sind.
Ich will, dass alle Bäume ihre Blätter stets behalten,
dass ihre Äste wachsen und die Stämme nie veralten.
Und trotzdem sollen die Wege herbstbunt voller Farbe sein,
durch Fichtendickicht fallenden,
    verblüffend hellen Sonnenschein
trägst du auf den Schultern wie einen kleinen Papagei.
Frei ist alles, was ich in deine kleinen Hände leg,
größer als der Horizont, den du jetzt noch als Welt verstehst.
Ich bin deine größte Künstlerin,
    doch mal auch nur mit Wasserfarben.
Ich bin keine Maurerin, doch werd ich alle Steine tragen:
die Kiesel und den Marmor, so viel wir davon brauchen,
um dir wie deinen Träumen gleich eine Ritterburg zu bauen.
Los, lass uns fliegen, rufst du mir zu
    und rennst schon schnell voran
und selbstverständlich heben wir ab,
    als hätten wir nie etwas anderes getan.
Wir sausen durch die höchsten Lüfte, fast schneller, als wir sollten,
und begegnen Bären und Drachen aus weiß geformten Wolken.
Ich schreibe für dein Lächeln und lese für dein Glücklichsein,
singe von fernen Ländern,
    und scheint es am Anfang noch so klein,

was aus meinen Gedanken schlüpft, wird großartig und Gold.
All das nur für den Wunsch in mir, der uns zusammenhält,
ich bastele und erschaffe dir die allerschönste Welt.

Doch irgendwann fällt uns auf, dass es leider nicht reicht.
Die Fantasie in unserem Kopf langt zwar unendlich weit,
dennoch bleiben wir am Boden in diesem kleinen Raum.
Außerhalb dieses Betons liegt irgendwo der Traum
und dort wartet auch beständig, fernab unser Glück,
doch jedes Ende einer Suche führt uns hierher zurück.

Und jetzt stehe ich hier,
bei mir mein Kind
    und in seinen Augen endlose Verständnislosigkeit,
erklär ihm mal, wir taten nichts und hatten doch die Möglichkeit.
Vor unserer Tür fiel jeden Tag alles mehr in Trümmer
und jeder wegsehende Blick machte es nur noch schlimmer.
Wir haben nichts getan, für uns, und nichts für unsere Kinder,
waren nicht, im Sommer unseres Lebens,
    Holz sammeln für den Winter.

An einer Hand, da hab ich dich,
    in der anderen ein kleines Bäumchen,
du trägst die Schaufel
    und zusammen gehen wir den Hügel hinauf.
Erde wirbelt und ich grabe ein kleines Löchlein aus.
Und mit dem Baum pflanzen wir ein deine hoffende Frage:
»Liebe Erde, wie lang wirst du uns noch weiter tragen?«
All das nur für den Wunsch in dir, der uns zusammenhält,
du versprichst mir hoch und heilig,
    du wirst aufpassen auf unsere schöne Welt.

Audio

3. Kapitel

ENDEN

Mikael Vogel

Das Östliche Irmawallaby

Schwarz um-
Randete Gesichtsmaske
Opernfüße, schwarze Handschuhe..
In feinem gestreiftem Fell mit abwechselnden Texturen das
Anmutigste aller Kängurus, auch das
Schnellste – am liebsten zwei kurze, dann einen langen Sprung machend.
Raste allen Verfolgern davon
Nur Windhunde, wenn sie sich erst angepirscht hatten, holten es manchmal ein.
Pelzhandel
Dem Pastoralismus im Weg
1923 nur noch 14 Östliche Irmawallabys auf einer
Schafweide nahe Robe an der südaustralischen Küste.
Beim Versuch sie auf Kangaroo Island umzusiedeln zehn zu Tode gehetzt, keines gefangen
Die letzten vier als Trophäen bei Jägern umso begehrter –
Als Einzige ihrer Art
Eine Mutter lebend er-
Beutet, den Tod ihres Babys in ihrem Beutel während der Gefangennahme
Überlebte sie 12 Jahre lang in Einzelhaft
Bevor sie am 30. Juni 1939
Starb

Audio

Noah Klaus

Ein zynischer Vorschlag

Ich glaube, dass wir ehrlich zu uns selbst sein sollten. Denn wenn wir ehrlich zu uns wären, dann müssten wir uns eingestehen, dass wir mit unserer entfesselten Wirtschaft unseren Planeten zerstören. Wir müssten uns jedoch auch eingestehen, dass der Emissionshandel und die Rettung der Wale und die Spende an Greenpeace zu Weihnachten und die biologisch abbaubaren Pappbecher nur unser Gewissen beruhigen sollen. All das soll die Illusion aufrechterhalten, dass wir das Ruder noch herumreißen können. Dass am Ende doch alles gut wird. Aber – so bitter das jetzt klingen mag – wer glaubt, mit Krombacher-Saufen die Umwelt retten zu können, der kackt auch bei fremden Leuten in die Dusche und hofft, dass alles wieder gut ist, wenn er eine Packung Taschentücher danebenlegt.

Wenn wir es nämlich wirklich wollten, dann müssten wir schlicht und ergreifend unseren Lebensstandard herunterfahren. Wir dürften eben nicht mehr für 20 Euro nach Mallorca fliegen, nicht mehr im Durchschnitt 60 Kilogramm Fleisch pro Jahr verdrücken, keine zwei Autos mehr in der Garage stehen haben, im Winter keine Erdbeeren aus Chile mehr essen und keine 40 Liter Wasser am Tag das Klo runterspülen.

Aber wer hat darauf schon Bock? Wir sind nun einmal eine Bande von Egomanen und Wachstum heißt unser Fetisch. Wir sollten dazu stehen! Der gemeine Mitteleuropäer lässt sich eben leider nicht mehr zum Plumpsklo oder zum Urlaub im Harz überreden, wenn schon ein fleischfreier Tag in der Woche einen Angriff auf die Grundrechte darstellt. Angesichts solcher Borniertheit noch weiter halbherzig das Klima retten zu wollen, ohne auf irgendeine Annehmlichkeit zu verzichten, ist doch ein klassischer Kampf gegen Windmühlen. Belügen wir uns doch nicht selbst! Vielleicht ist es an der Zeit für radikalere Lösungen! Vielleicht sollten wir darüber nachdenken, ob es überhaupt so klug ist, sich nach den fetten auch noch die mageren Jahre anzutun.

Deswegen mein Vorschlag zur Güte: Die Menschheit lässt sich komplett sterilisieren und wir lassen kollektiv noch mal ein Jahrhundert lang die Sau raus. Nach mir die Sintflut, das große Finale! Hedonismus pur! Schlussverkauf deluxe! Das Ende aller Tage, Partyedition!

Damit wäre unser moralischer Ballast einfach über Bord geworfen, nämlich unsere Kinder, Enkel und Urenkel. Denn dann gäbe es niemanden mehr, für den noch irgendetwas zu retten wäre. Und jetzt mal Hand aufs Herz: So groß wäre der Verlust jetzt nicht. Die paar Strichmännchenbilder und das bisschen Memoryspielen machen den Braten am Lebensende auch nicht mehr fett. Und ohne meine Enkel muss ich auch niemandem erklären, dass die Welt kaputt ist, weil damals die Flüge so billig und die Steaks so lecker waren.

Und was alles möglich wäre, wenn wir das durchziehen würden: Bäder in Avocadocreme, Rohöl im Rasensprenger, eine direkte Flugverbindung zwischen Köln und Düsseldorf, zwischen Berlin und Potsdam, zwischen Mannheim und Ludwigshafen, zwischen Castrop und Rauxel, alles im Zehnminutentakt und vor allem: ficken ohne Kondom!

Wir könnten Schweine essen, die nur mit Hühnern gefüttert wurden, die wiederum nur mit Mais gefüttert wurden, der wiederum nur mit Champagner gedüngt wurde. Wir könnten öffentliche Schokobrunnen aufstellen. Wir müssten unser Geld nicht mehr in Stuttgarter Bahnhöfe und Berliner Flughäfen investieren, sondern könnten uns mal Augustiner statt Oettinger gönnen.

Ich glaube sogar, dass die Gewissheit des unvermeidlichen Endes extrem befreiend wirken kann. Die Polkappen schmelzen ab? – Cry me a river, bald ist hier sowieso Zapfenstreich ...

Kim Jong-un will seine Atombomben testen? – Ich piss mir ins Hemd ... Die Bienen sterben aus? – Ach, wenn's weiter nichts ist ... Und ich dachte schon, der Techno wär' alle. Die USA steigen aus dem Pariser Klimavertrag aus? – Jetzt mach dich mal locker, Kollege, wir sind hier die gottverdammten letzten Mohikaner.

Besonders schön wäre auch, dass man eine gute Argumentationsgrundlage gegen alle hätte, die immer noch auf Stress aus wären. Was willst du gründen? Ein tausendjähriges Reich? – Jetzt schieb hier mal nicht so eine Welle und komm mit in den Darkroom, in tausend Jahren ist hier im besten Fall noch eine schöne Wiese ... Was habt ihr ausgerufen? Ein Kalifat? – Och nee, Jungs, ihr wollt jetzt nicht ernsthaft in den letzten fünfzig Jahren Menschheit noch so ein Fass aufmachen, oder? Lasst uns doch die paar Roofies knallen, die ich noch auf Tasche habe, dann sieht die Welt gleich viel schöner aus.

Und am Ende könnten wir noch so ein Mausoleum der menschlichen Kultur bauen, damit irgendwann die Aliens die Spuren unserer Existenz bewundern dürfen. Aber wir würden nur zwei Bilder von Xavier Naidoo und Donatella Versace, einen USB-Stick mit allen Staffeln von *Big Brother* und einen Fidget-Spinner darin deponieren, sodass die Aliens überzeugt sein werden, dass wir die mit Abstand dümmste, hässlichste und degenerierteste Zivilisation des gesamten Universums waren.

Und der Letzte macht das Licht aus!

Video

Lars Ruppel

Die Welt ist tot

Wenn man seine Augen öffnet
Startet man den Tag
Ich habe das
Schon häufig beobachtet

Öffne ich am Ende eines Schlafes
Meine Augen beginnt die Welt
Um mich herum
Zu leben

Ich habe heute Morgen
Wie schon so oft
Meine Augen geöffnet
Sogar beide gleichzeitig

Und nichts war zu sehen
Nicht eine Ahnung
Von einer Spur eines Lebens
Und ich schloss meine Augen

Um die Welt neu zu starten
Wie bei einem Computer
Meistens hilft das
Niemand weiß warum

Wer an den Neustart glaubt
Glaubt auch an Gott
Ich habe heute Morgen
Meine Augen geöffnet

Und wieder war nichts zu sehen
Nicht mal mehr Erinnerung
An eine Spur eines Lebens
Und ich schloss meine Augen

Dem Geschehen zu lauschen
Vor meinem Fenster
War alles wie immer
Menschen und solche

Die sich dafür halten
Schwappten durch die Straßen
Alte Menschen und neue
Die aus alten Menschen fielen

Und doch war niemand auf den Straßen

In den Köpfen Gedanken
Und solche die sich dafür halten
Flossen aus Mündern doch
Verebbten sie schnell

Alte Ideen und neue
Die aus leeren Köpfen fielen

Und doch hat sich niemand etwas gedacht

Über den Straßen war
Der Himmel gespannt
Träume und solche
Die sich dafür halten

Blauäugig wie so häufig
Das übliche Luftinventar
Alte Wolken und neue
Die aus glänzenden Flugzeugen fielen

Und doch war niemand im Himmel

Werbebanner wehten
Wie Flaggen von Nationen
Oder solche
Die sich dafür halten

An den Apotheken
Tickten Uhren
Alte Zeit und Zukunft
Die aus alten Sekunden fiel

Und doch nahm nichts seinen Lauf

Vor meinem Fenster
Ein Designerfriedhof
Auf dem Tote
Sich selber besuchen

Und bemitleiden
Weil sie sich und das Leben
Das sie mal hatten
So sehr vermissen

Die Welt ist tot
Für wen soll sie auch atmen
Es sind auch Opfer
Unter den Deutschen

In ihrem Rundumsorglossarg
Aus Parkplatzasphalt
Harrt sie Humus werdend
Kein bisschen unbebauter Boden

Es war witzig
Als man bemerkte
Dass der Wind
Nicht ewig wehen würde

Seitdem fahren
Die stolzen Windräder
Auf Lastwagen montiert
Durch die Lande

Sich drehend im Fahrtwind
An Weihnachten bunt geschmückt
Wie damals Coca-Cola-Trucks
Abgeschafft seit der Erhöhung der Mautgebühr

2051 Für jeden gefahrenen Kilometer
Muss der Erstgeborene
Sohn des Fahrers eine Stunde
Zum staatlichen Arbeitsdienst

Auf den klatschroten Opiumfeldern
Bei Schwerin
Bewacht von den Taliban
Die ihre Freiheit in Mecklenburg verteidigen

Dort wo die Minarette stehen
An denen Nazis äsen
Wie soll man die erkennen?
Seit dem Glatzenzwang

Im Jahr 2053
Das Jahr der Forellengrippe
Sicherheitsmaßnahme
Haben sie gesagt

Wir haben ihnen geglaubt
Und uns alles in die Venen
Gepumpt was in Spritzen passte
Doch niemand starb

Und wir chlorten die Flüsse
Damit so etwas nie wieder passiert
Und wir wärmten das Wasser
Mit Solartauchsiedern

Und surften in toten Adern
Zur Arbeit und ins Schwimmbad
Wir eroberten den Meeresboden
Rasierten die Korallenriffe

Dressierten Krillschwärme
Zu Waljägern
Tauschten die alten Fische
Gegen neue, bessere, 5G-fähige

Wir rammten Rohre in die Erde
Wie einen Strohhalm in eine Kokosnuss
Wenn man die Kruste knackt
Ist sie innen zart und saftig

Wir drehten die Welt um
Und schüttelten sie
Wie ein Sparschwein
In dem man eine Münze klimpern hört

Was aus dem Schlitz fiel
Verbrannten wir in den Lagerfeuern
An denen wir saßen
Unter gezählten Sternen

Pläne für die Zukunft schmiedend
Die wir schon lange erreicht hatten
Wir machten uns die Welt
Widewidewie sie uns gefällt

Wir schoben Afrika von uns weg
Durch Erdplattenkosmetik
Australien fanden wir schon immer schön
Und ist seit Neuestem per Zug zu erreichen

Du kannst es von hier sehen
Ein Kilo Botox in die Alpen
Und weg war der Stein
Und glatt wurde die Schweiz

Eine Erdspalte öffnete sich
Und Österreich
Fiel in sein wohlverdientes Loch
In das wir seitdem Nahrung werfen

Und Eisbären
Nach der Eisbärenplage 2087
Es hatte alles nicht gestimmt!
Eisbären lieben Hitze

Die kamen nur nie
Aus der Scheißkälte raus
Bis sie auf abgebrochenen Schollen
Endlich Festland erreichten

Sie fraßen unsere Hunde
Und wir fraßen ihre Kinder
Von den Menschen
Sieht man immer nur die Rücklichter

Von den Olivenschiffchen
In denen wir sitzen
Und mit Espressolöffeln
Über Weltmeere paddeln

Land in Sicht und
Land im Griff
Wir bauten neue Himmel
Für neue Schlösser

Wir brauchten neue Zeiten
Für neue Uhren
Wir brauchten ein neues Neu
Noch neuer als jedes Neu zuvor

Wir wurden mehr und unwiderstehlicher
Wir wurden besser als das Original
Die Höhlen aus denen wir mal krochen
Wurden Boutiquen

Wir lehrten dem Leben
Das Lesen
Wir wurden so gut
Dass wir Bilder von uns malen ließen

Die wir dort hinhängten
Wo noch niemand von uns stand
Und wir feierten große Feste
Und schenkten uns das Sonnensystem

Auf dem Höhepunkt des Tanzes
Sprangen wir vom Gipfel
Und flogen zum Himmel
Immer höher

Soll doch die Sonne schmelzen
Das Universum schweigt
Und springt durch den Feuerreifen
Wenn die Chefs sprechen

Bis zu diesem Tag
Als der Fortschritt
Zum absoluten
Stillstand wurde

Als die Welt starb
Nichts regt sich
Nicht mal mehr Erinnerung
An eine Spur eines Lebens

Unsere Straßen
Versiegeln den Boden
Unsere Deiche
Belächeln die Wellen

Unsere Tunnel
Bändigen die Berge
Unsere Brücken
Verhöhnen die Flüsse

Unsere Laubbläser
Entzaubern den Wind
Unsere Oberflächen
Töten Bakterien

Unsere Stricke
Sind dermatologisch getestet
Unsere Pläne
Verhöhnen den Verstand

Wie eine Eiswiese
Harren unsere Türme
Starr im Wind
Und du spürst kaum einen Hauch

Eiskalt und blutleer
Nimmt ein toter Planet
Seinen Lauf
Auf begradigten Bahnen

Darauf sitzen wir und machen
Huiiiiii!
Und freuen uns an den Früchten
Gefällter Bäume

Danny Grimpe

Eine Konferenz

Glaube ist eine kuriose Sache. Ein Seil, das an Stärke gewinnt, je mehr Leute daran ziehen. Manchmal ist nur die Richtung das Problem. Homöopathie zum Beispiel ist der Glaube, dass Medizin viel besser funktionieren würde, wenn man Leuten einfach nicht hilft. Aber Glaube kann Dinge ändern.

Im Jahr 1882, zum Beispiel, hat Friedrich Nietzsche Gott getötet. Ein Ereignis, das in der Hölle eine wochenlange Party ausgelöst hat, während der, in einem spontanen Flug der Kreativität, nicht nur das moderne Finanz- und Werbesystem erfunden wurde, sondern auch Berentzen Apfel.

Und obwohl Nietzsche die richtige Idee hatte, ist Gott nicht tot. Er war nur im Urlaub.

Es ist still im heiligen Konferenzraum.

Gott steht am Kopfende des Tisches. Er trägt noch ein Hawaiihemd und Shorts und schaut über den Bericht hinweg zu den Reitern der Apokalypse.

»Okay«, sagt er. »Wer von euch war Plastik?«

»Ähm«, sagt Pest, »Rebranding.«

»Wie Rebranding?«, sagt Gott.

»Ich bin jetzt Umweltverschmutzung«, sagt der Reiter formerly known as Pest. »Man muss mit den Zeiten gehen.«

»REITEN«, sagt Tod.

»Wie bitte?«, sagt Gott.

»MIT DEN ZEITEN REITEN.« Ihm ist das sehr ernst. »WIR SIND DOCH NICHT DIE APOKALYPTISCHEN SCHLENDERER.«

»Also ich fahr jetzt Fahrrad«, sagt Krieg. »Besser für die Ausdauer.« Generelles Nicken im Raum. Hunger gibt einen Sellerie, den er sich gerade gegönnt hat, in eine Kalorienzählapp ein.

»Was ist das?«, sagt Gott.

»Low Carb«, sagt Hunger. »Hat der Neue empfohlen.«

»Der Neue?«

»WERBUNG«, sagt Tod.

»Super Typ, hat beim zweiten Weltkrieg geholfen«, sagt Krieg.

»Ich hab doch gesagt: keine Kriege«, sagt Gott.

»ABER DER ERSTE WAR GRAUENVOLL«, sagt Tod.

»Und dann sind wir ein bisschen ehrgeizig geworden«, ergänzt Krieg.

Es ist nicht so, dass Gott für solche Reaktionen keine Sympathie hätte.

Ganz im Gegenteil, in seinen jüngeren Tagen hatte er selbst Probleme mit Kritik. In einem Fall hat er die gesamte Weltpopulation auf einen schwimmenden Zoo reduziert. Keine Zeit, an die er sich gerne zurückerinnert, aber die ersten sechstausend Jahre sind immer die schlimmsten, denkt er. Das Ding mit dem Apfel auch, scheiß Idee. Klar, Jachweh, stell die einzige Eiscreme im Universum vor der Arbeit in den WG-Kühlschrank und erwarte, dass sie noch da ist, wenn du wiederkommst.

Da geht man mal ein Jahrhundert in den Urlaub und die Welt geht unter, hätte man sich auch denken können. Er stellt sich das selbstgerechte Gesicht von Buddha vor. Wenigstens war der nicht hier mit diesem ständigen »Wird schon« und »Passt doch«. Unerträglich. Da sind ihm Petrus und sein Taser schon lieber, oder eben die Reiter der Apokalypse. Gott seufzt.

»Gut«, sagt er. »Schöne Scheiße.«

»Danke«, sagt Umweltverschmutzung. Umweltverschmutzung, eigentlich ein Wunder, dass der es bis hier geschafft hat. War immer etwas langsam. Selbst als er noch Pest war. Denkst nichts Böses, lässt ihn ein bisschen machen und ZACK: Ebola.

»Und was machen wir jetzt damit? Mit den ganzen Problemen?«, fragt Gott.

»Wir brauchen eigentlich nur noch die Unterschrift.«

Buntes Getuschel füllt den Raum, bis Krieg schließlich das dicke, etwas mottig riechende »Formular zur Einreitung der Apokalypse« über den Tisch schiebt.

»Alles vorbei, hmm?« Gott schnipst gegen seine Hemdtasche, flucht kurz und lässt eine Schachtel Zigaretten darin erscheinen. Er nimmt sich eine.

»Ich dachte, du hattest aufgehört«, sagt Krieg. Hunger guckt die Nährwerte von Marlboro nach.

»Ich auch«, sagt Gott.

Gott hat eine schreckliche Eigenschaft für etwas Allmächtiges, er ist ein Denker. Götter sind selten Denker, die meisten sind Macher, Zeus zum Beispiel, der würde in solchen Situationen einfach abhauen und einen Stier ficken oder so was, aber das ist nicht die feine Art. Er hatte das damals sogar in die Bibel geschrieben. Aber die Leute vom Marketing sagten, das sei nicht massentauglich genug, und so wurden aus »Seid nicht zu laut, die Nachbarn schlafen« zweitausend Jahre Homophobie, Krieg und Rassismus. Hätte er damals auch nicht geglaubt. — Glaube, denkt er, Glaube macht Dinge. Er lächelt und unterschreibt das Formular.

»Und jetzt?«, sagt Krieg.

»Die Meere werden zu Blut«, sagt Umweltverschmutzung.

»ERDBEBEN UND SO WAS.«

»Schreien schon alle?«, fragt Krieg.

Hunger tippt suchend auf seinem Telefon herum. Die Instagram-Storys sind das Übliche, Beelzebub foltert Unschuldige,

Hades füttert Cerberus, Satan feiert einen weiteren Wahlerfolg in Sachsen.

»In Neumünster wirft einer mit Kieseln«, sagt er.

»STEINIGUNG DER UNGLÄUBIGEN«, sagt Tod.

»Nein«, sagt Gott. »Neumünster.«

»Aber warum passiert denn nichts?«, fragt Krieg.

»Glaube«, sagt Gott. »Schaut mal.«

Er pustet Rauch in die Mitte des Raumes und er formt sich zu Bildern; da sind Leute, die auf die Straße gehen, rufen und Transparente schwenken. Er zeigt darauf.

»Die glauben nicht, dass die Welt mit einer Unterschrift endet, die hier. Die glauben was anderes.«

»DAS HEISST ...«

Es klopft an der Tür.

»Das heißt, wir haben eine neue Mitarbeiterin.«

Die Gestalt steht im Türrahmen. Ihre Haare sind kurz und grün und ihr Kleid ist ein altes, zu großes Sweatshirt. Sie lächelt etwas durchzecht.

Sie ist Hoffnung.

»Warum ist die so jung?«, fragt Krieg.

»HOFFNUNG STIRBT ZULETZT«, lächelt Tod.

Glaube ist eine kuriose Sache. Ein Seil, das an Stärke gewinnt, je mehr Leute daran ziehen. Und ich hoffe, wir ziehen in die richtige Richtung.

Audio

Mara-Daria Cojocaru

Hilfestellung für den letzten Menschen

Heute also, triffst dich mit Charles*
Vorsitzender der Kommission
Für unseren letzten Menschen

Ahnung, ahnungslos, grob
Welches Geschlecht, wenn überhaupt eines
Welche Sprache, wenn überhaupt eine
Wird er denn sprechen? Wird er Rot sehen
Können? Vielleicht nein. Doch
Das gibt ihm kein Recht auf
Nichtexistenz. Was für ein very wrongful
Leben. Du knirschst die Pläne weg
Weg mit den Spitzen der Weltliteratur, zu der
Bettwäsche gelegt. Was für ein Stuss
Man bläst ihm ein Luftschloss auf
Apokalyptische Hüpfburg, konditioniert den
Universalen Palmarreflex
Doch er muss loslassen: in Hologrammen lachen
Quatschen, schnattern; jedes Leben förmlich
Grüßen können, muss er
Schon. Der Gedanke beschleicht dich
Nicht, er stellt dir ein Bein: Der letzte
Mensch könnte genauso dein Gesicht- und Scham
Loses, Hass schwitzendes

---

* Goselmanu, ihr seid nun per Du

Gegenüber von vorhin sein: das über Tip und Topsy
Lachen oder was in Bedlam witzig finden kann. Allein

Du gehst durch deine Garderobe. Warum
Fragt dich dein Besenstiel, ist dir am
Fortbestehen des Menschen überhaupt gelegen
Kehrsache: Fehlfarben. Wollen wir es nicht
Mit Liebe versuchen*
Dann also: Schnuppernde Bilder, türmendes Licht
Agafias Gesangbuch für jeden Sonnenuntergang
Den er alleine verbringt. Und ein Mobile
Strandgut, letzte, beschädigte Hoffnungsträger
Auf dass er in allem lieben Rat und Herzschlag findet
Dazu ein rastloses Kitzeln in die Fersen genäht
Auf dass er
Nicht vergisst: Er soll die Mengenlehre von den
Bienen lernen, ganz genau. Denn: In einem seiner
Sommer bleibt der *Honig* aus. Und schwärmend
Mit den Schweinen schwimmen
Das soll er auch

Audio

* Huch

Jan Wagner

de vita caroli quarti

»Herr, steht auf, der jüngste Tag bricht an,
denn die ganze Welt ist voller Heuschrecken!«

wir ritten bis nach pulkau, um das ende
der welt nicht zu verpassen, und schon mittags
fiel nacht auf uns herab – als würde
alles was ist in einen sack gesteckt,
verschnürt. von fernher drang das fiepen
der glocken aus den dörfern zu uns durch.

ein lärm, der jedes selbstgespräch
erstickte, jedes stoßgebet, ein tosen,
ein schwarzer schneesturm, selbst als schon ein teil
gelandet war (wenngleich der himmel
nicht wiederkehrte) – wie das kratzen
von tausenden von federn auf papier,
ein rasendes skriptorium. die pferde,
bis zu den knien in insekten, wiehernd,
und diese selbst ein staunenswertes uhrwerk
dem hunger, eine gierige mechanik.
wir standen ratlos da,
jeder von uns geplündert wie ein rom.

ob da noch vögel waren? keine vögel,
kaum licht. und jedes schwein und jeder köter,
der sie zu fressen wagte, in sich aufnahm,
krepierte binnen stunden.

drei jahre wird es gehen.
drei jahre mit dem krachenden harsch
von flügeln unter den füßen und von panzern,
die ganze schöpfung gegen uns gerüstet,
ein lebendes kettenhemd auf jedem
feld, herr. sie vermehren sich des nachts
wie dunkle wünsche, unnatürliche
gedanken; wir erheben uns am morgen,
kahl wie die erde, wie geschändet, herr.

Yannick Steinkellner

feinstaub

in ein paar jahren:
von hier unten sieht es oben neblig und grau aus
zensur am firmament
weder retro noch schick
wo man auch hinsieht fehlt einem der durchblick
fabrikrauch steigt auf
irgendwo fällt man
einen baum für ein schönes haus
oder weil er so im stehen nichts taugt
atmosphärisch breitet sich die luft in mir aus und dreht eine runde in meiner lunge
so ein feinstaubsauger
wo bleibt da der filter?

irgendwann werden fliegende kehrfahrzeuge in der luft klarschiff machen
damit die sonnenstrahlen weiter den häuserfassaden die farben auftragen
wo sachen ausbleiben weil partikel sie plagen
während wir alle zum atmen
wie verhüllte soldaten
die sauerstoffmasken zum atemschutz tragen

da wird nichts mehr wachsen
da wird alles abgeholzt sein

da wird nichts mehr lagern
da wird alles abgebaut sein

einmal im monat wird dann
am amazonas die stadtluft gebohnert weil sich das holzen gelohnt hat
am kapitalmarkt der lang auf dem thron saß
und oftmals für so was kein offenes ohr hatt'
und anstatt dass man den planeten verschont hat
wurde mehr als ausreichend gebohrt
da wo der grund noch nicht hohl war
jetzt ist der weltmarkt ein toter und die erde im koma

jede ölbohrinsel rammte gewinde in böden
die öde topografie ähnelt einer tomografie:
von blutgerinnseln übersät
und während winselnd ein planet aus seinem letzten frackingloch pfiff
kentert irgendwo ganz weit hinten ein schweröltankschiff
ach so romantisch
im sonnen-
untergang

in hundert jahren

auf offener straße habe ich mich verliebt
in eine sauerstoffmaske mit katzenmotiv
ich verstand nicht was sie sagte denn sie hustete viel
auch wenn mir ihre tonart auf anhieb gefiel
eine seelenverwandte galante sophie
schon optisch allein: unfassbare physik
ihr haar war so rot es entflammte in mir einen sonoren grundton
von sprachamnesie

im eimen ladne gestandich verlie
btdass meinsprach emit ihrnichts oganz poesie
weilsie mehratem raubt alsdem staubdystopie

beim rendezvous wurdé bob dylange spielt
und mein erzschlag pülsierté imtak tzur musique
sie lachte bezaubernd und meinte: »wie lieb …
ich verschlag dir die sprache«
dann küsste ich sie

und wir taten was man eben so tut
wenn man sich einfach hingibt
es sieht keiner auf die uhr
nur ich seh in die augen sophies
und die sommersprossen auf der haut
draußen blieben nur wüste und staub
nahmen uns den glauben an perspektivsinnige
gespräche wurden kürzer
das husten wurde schwerer
und die sauerstoffmasken auch
der himmel blieb grau
die luft wurde zu staub

im letzten jahr

an einem küstenstrich: ein langer sandstrand
auf dem ein alter mann stand
und ganz ohne zuversicht
atemmaske im gesicht
traurig und langsam ein kleines grab schaufelte

hüfthoch stand er schon im boden
kopf im nacken

blick nach oben
wo die raumfahrtschiffe blinkten
und der erde abschied winkten
drüben, nördlich, mitten im skorpion
schimmerte sanft im sektor zwo die raumfahrtschiffnation

als wüsste sie schon
dass das nichts mehr wird
beobachtete sie
wie die erde krepiert

(schnitt)

– alter, wie ist denn das jetzt gescheh'n?
– keine ahnung, ich hab das nicht kommen seh'n
– was machen wir denn jetzt?
– keine ahnung ... lass uns viel zu viel drüber reden

(schnitt)

an einem küstenstrich: ein langer sandstrand
auf dem der letzte mann stand
und traurig und langsam
die schutzmaske abnahm die die seiner frau war

bald wird ihm dann schwarz vor augen
gleich wird er nach vorne taumeln
wird in die seine grube kippen
so haucht er noch mit trock'nen lippen
einen letzten namen
bevor er dann nach vorne fällt
sterben ohne zu klagen
so hat er sich das vorgestellt

und während sich auf ihm der staub schon schichtet
letztes lebenslicht erlischt
erst da sieht man auf der mädchenmaske
in der letztenmännerpranke
das gesichtsmotiv der katze

(schnitt)

auf offener straße habe ich mich verliebt
in die frau meiner träume die nicht bei mir bliebt
ich verstand nicht was sie sagte denn sie hustete viel
und begriff erst als sie ein raumschiff bestieg
sie lachte bezaubernd und sagte »wie lieb
ich verschlag dir die sprache«
dann küsste ich sie strich ihr durchs haar und dachte
»sophie egal was passiert ich vergesse dich nie«

(schnitt)

von dort oben sieht es hier unten ganz schön klein aus
fast schon verzichtbar
dort wo die ozonschicht nicht dicht war
dichter feinstaub ganz ohne lichter
ohne lampe
jeder weg eine irrfahrt
der boden schon ewig für alle unsichtbar
am ende: da war die luft nur noch giftgas
das verschlägt mir die sprache
denn die erde ist tot
und der mensch war ihr richter

Video

Björn H. Katzur

Nach uns die Sinnflut

Wir sind eine Generation von Verlorenen. Ich bin aufgewachsen mit der Kollektivschuld der Deutschen hinter mir und mit einer schrecklichen Horrorwelt um mich herum und vor mir:

Hungersnöte, Kriege, nukleare Vernichtung und die Umwelt. Immer wieder die Umwelt. Waldsterben, saurer Regen, Ozonloch, Smog, Müllberge, Ölpest, Dürren, Flutkatastrophen, Brandrodung von Regenwäldern, Überfischung, verseuchte Flüsse und Ansteigen der Meeresspiegel.

Die verlorene Generation – zwischen Holocaust und Apokalypse, zwischen der Vergangenheit und der Zukunft gefangen, die beide Angst machen. Eine Vergangenheit des Schreckens, der wir nicht entgehen können, die uns vor eine schier unerfüllbare Verantwortung stellt. Und eine Zukunft ohne Leben, die uns ... vor eine schier unerfüllbare Verantwortung stellt.

Ich hatte in der Schule diesen Collegeblock mit Gewissen. Darauf stand: »Wir haben die Erde nicht von unseren Vätern geerbt, sondern von unseren Kindern nur geliehen. Indianische Weisheit«. Nachhaltig davon beeinflusst, befindet sich dieser Spruch jetzt als Witz in meinem Alltagsrepertoire – auch wenn den nie einer versteht:

»Das Bier ist schal, ich kippe das mal weg.«

»Wir haben das Bier nicht von unseren Vätern geerbt, sondern von unseren Kindern nur geliehen.«

Ich würde jetzt gerne sagen, dass daraufhin verwirrtes

Schweigen oder Nachfragen folgen, aber die Leute sind kontextlose Seltsamkeiten von mir dermaßen gewohnt, dass sie so etwas einfach ignorieren und weitermachen.

Warum habe ich Verantwortung für die Zukunft? War der Collegeblock aus chlorfrei gebleichtem Recyclingpapier und mit »indianischer Moral« nicht genug? Reicht es nicht, dass ich selbst bei Spontanbesuchen im Supermarkt nie eine Plastiktüte dazukaufe, sondern die Einkäufe lieber fallen lasse?

Soll ich auf die Straße gehen und Menschen das Wort »Umweltschutz« ins Ohr schreien?? Auf meinem Balkon Baumwolle und Kaffee anbauen, damit ich komplett autark bin?

Zumindest solange mir Kleidung genügt, die ich nachts im Kaffeewahn aus Baumwolle spinne, webe und nähe. Soll ich mich an Wale ketten? Soll ich den Regenwald löschen? Kann der das nicht selbst? Heißt doch Regenwald. Soll ich die Castortransporte in die Wohnzimmer der Energiekonzernmanager umleiten? Soll ich mich drauf verlassen, dass meine Regierung das Richtige unternehmen wird? Immerhin spielen bei der Umweltverschmutzung wirtschaftliche Interessen ja keinerlei Rolle, sodass jede Staatsentscheidung ohne massiven Lobbyismus getroffen werden kann.

Das war Sarkasmus, aber leider finde ich den Witz nicht.

Wir verbrennen Wälder und vergiften Meere. Wir pumpen tote, verflüssigte Lebewesen aus der Erde und bringen sie auf Schiffe oder pumpen sie gleich aus der Erde unter dem Meer. Dann geht etwas schief und riesige Mengen dieser unglaublich tödlichen Substanz, genannt Erdöl, ergießen sich in den größten Lebensraum der Erde.

Und wir alle tun das! Wir alle tragen dazu bei! In unserem Namen lassen wir das geschehen! In meinem Namen! In meinem bekackten Namen wird unser Planet vergewaltigt! Weil ich nicht genau überlege, welche Produkte ich kaufe. Weil ich mich nicht dafür engagiere, dass unser Planet vielleicht nicht von uns zerstört wird.

So schreibe ich, gefühlt ohnmächtig, diesen Text, werde anschließend den Rechner laufen lassen, weil ich noch etwas herunterlade und Strom in meiner WG nichts extra kostet.

Aber langsam tut sich etwas. Nicht nur ich mache mir solche Gedanken. Seit in den 70er Jahren der Bericht des *Club of Rome* angedeutet hat, dass das relativ geschlossene System Erde uns nicht unbegrenzt ertragen kann, sickert die Sorge um die Umwelt in das Bewusstsein von allen.

Doch langsam.

So quälend langsam.

Und es gibt immer noch laute Stimmen, die sagen: »Komm, das mit dem Klimawandel, das stimmt doch gar nicht. Nachher haben wir ganz umsonst die Umwelt geschützt. Lass mal lieber so weitermachen wie bisher und gucken, was passiert! Das wird bestimmt witzig!«

Was das Verbrennen von Erdöl angeht, sind wir wie Junkies:

»Wir sollten eigentlich aufhören.«

»Na ja, noch ein bisschen, aber wir sollten es reduzieren.«

»Na komm, so schlimm ist es nicht, ’n bisschen geht noch.«

»Mann, das Zeug zu besorgen, ist auf Dauer echt nervig und wir haben dabei auch immer häufiger schlimme Gesellschaft und Blutvergießen.«

»Na komm, diese Dekade noch.«

»Wir probieren mal harmlosere Sachen aus ...«

»Ach, so richtig toll sind die nicht, komm, lass mich noch mal.«

»Nur noch ein bisschen …«

Alles verbrennen wir, um an unseren Energie-Fix zu kommen. Öl, Pinguine, Kohle! Und neben Pinguinen ist Braunkohle so ziemlich das Perverseste, was man verbrennen kann, dicht hinter alten Autoreifen …

Aber was steckt hinter all meinen Ängsten? Was ist dran an dieser diffusen Vision einer toten, verseuchten, brennenden Welt? Schlauere Menschen als ich haben bereits verschiedenste Szenarien entworfen, aber wollen wir doch mal spaßeshalber zu Ende denken, was schlimmstenfalls passieren könnte:

Fangen wir vorne an. Vor 4,6 Milliarden Jahren entstand die Erde. Das Leben brauchte eine Milliarde Jahre, um einen guten ersten Eindruck in den Fossilien zu hinterlassen. Dann evolvierte das Leben so 3 Milliarden Jahre vor sich hin, guckte mal hier, mal da, probierte alles Mögliche aus. Und wie wir alle – zumindest ich im jungen Alter – es wohl getan hätten, dachte sich das Leben: »Wir brauchen riesige Echsen!«

So kamen die Dinos und damit sie nicht erstickten, gab es noch ein paar Algen. Und die Algen starben und wurden zu Erdöl und die Dinos starben und machten Platz für die Säugetiere.

Und vor 130.000 Jahren dachte sich das Leben, wie es Klein Björn tun würde: »Genug mit den Tieren, ich will jetzt etwas Kompliziertes! Etwas, das Strom braucht und mit Lasern schießen kann.« So kamen wir.

Im Gegensatz zu den Dinos streiften wir nicht einfach nur über die Erde und aßen alles, was sich nicht wehrte – obwohl das immer noch Spaß macht. Nein, wir entwickelten ein Bewusstsein für Bedeutung. Wir erkannten die Welt um uns herum, bauten Werkzeuge, errichteten Städte und formten das Antlitz dieser Welt so um, wie kaum eine Naturgewalt es schaffen kann.

Gut, die meisten würden spontan sagen, wir hätten damit mehr zustande gebracht als die Dinos. Und sogar noch einen Tick mehr als Algen. Aber irgendwie hängen wir auch von denen ab, die sind ja unser Erdöl ...

Aber das benutzen wir zu Unglaublichem! Aus dem Erdöl erschaffen wir Kunststoffe mit Eigenschaften, wie die Welt sie noch nicht gesehen hat: Plastik – das Supererdöl.

Wie der Stand-up-Comedian George Carlin laut nachdachte: Vielleicht ist es ja gerade das Plastik, weshalb die Erde uns geschaffen hat. Sie konnte das nicht von sich aus und darum sind wir hier.

Wenn das stimmt, war die Erde erfolgreich: Im Meer schwimmt Plastikmüll in riesigen Mengen, der immer weiter zerkleinert wird, bis Tiere ihn fressen. Plastik im Gewebe, Plastik in der Nahrungskette. Hoffentlich hat George Carlin recht und das ist Teil des Plans.

Aber wir wollten uns das Ende ausmalen. Die Menschheit stirbt: Atomkrieg, Aufstand der Maschinen, Zombies, sintflutartige Überschwemmungen, Killerbienen, Wassermangel, Killerbienenzombies ... Oder besser noch, ein ironisches Ende:

Ein riesiger Asteroid aus reinem Gold zerstört alles. Oder Stammzellen zur Krebsheilung entwickeln eine bösartige Intelligenz und zersetzen uns zu Brei. Zu einem krebsfreien Brei, das will ich ihnen zugestehen.

Auf jeden Fall sind alle Menschen tot, die Temperatur beträgt 60 Grad im Schatten. Nur gibt es keinen Schatten, weil alles brennt.

Sogar das Wasser.

Und trotzdem, obwohl ich mir eine Welt ausmale, in der sogar das verdammte Wasser brennt, bin ich überzeugt, dass das Leben weitergehen wird. Das Leben ist zäh.

Es wird auch Gebiete geben, die dank uns auf lange Zeit unbewohnbar bleiben. Dinge, die wir erschaffen haben und die an sich schon gefährlich sind, aber ohne ständige Wartung richtig tödlich werden: Atomkraftwerke, Chemiefabriken, das Tonstudio von Dieter Bohlen und Zwischen- beziehungsweise Endlager für Atommüll. Na ja, eigentlich nur Zwischenlager. Endlager gibt es bisher ja nicht. Vielleicht finden die Tiere nach unserem Ableben geeignete Standorte.

Es gibt also vielleicht einige Todeszonen, wo nichts leben kann. Höchstens vielleicht diese richtig zähen Biester: Bakterien, die sich in Vulkanen erst richtig wohlfühlen. Oder an Schwefelquellen auf dem Boden des Meeres. Diesen Freaks würde ich zutrauen, dass sie auch noch lernen, aus Plutonium Zucker zu machen.

So gibt es in der Welt ohne Menschen Zonen des Todes. Aber wenn nicht zufällig alle Atomsprengköpfe der Welt auf einmal hochgehen und die Erde pulverisieren, kann das Leben ruhig ohne uns weitergehen. Das Unkraut fängt an, alles zu überwuchern, und die Wale holen sich den Schwarzwald zurück.

Und vielleicht, in ein paar Millionen Jahren, wird dem Leben wieder so langweilig, dass es ein neues Spielzeug haben will.

So wie wir tote Dino-Algen zu Supererdöl gemacht haben, machen die Neuen aus unserem Plastik vielleicht Superplastik.

Und so, wie wir im Gegensatz zu den Dinos ein Bewusstsein für Bedeutung entwickelt haben, entwickeln die Neuen vielleicht ein Superbewusstsein.

Vielleicht sind sie damit vernünftiger als wir.

Nach uns die Sinnflut!

Audio

Oliver Walter

Drehbuch für einen viel zu realistischen Katastrophenfilm

Vorspann: Die erste Szene müsste eigentlich einen Asteroiden zeigen, der unaufhaltsam direkt auf die Erde zurast. Weil das aber viel zu teuer ist, gibt es die *Star-Wars*-Lösung: Ein Schriftzug, der zu epischer Musik durchs Bild läuft, erklärt, dass ein Asteroid unaufhaltsam auf die Erde zurast und diese in sieben Tagen erreichen wird. Mehr Zeit bleibt der Menschheit nicht, um den Planeten zu retten.

T minus 7 Tage: In einem großen Raum ohne Tageslicht beraten die kompetentesten Wissenschaftler der Erde über Lösungen. Dass es die kompetentesten Wissenschaftler sind, erkennt man daran, dass es alles alte, weiße Männer sind. Einer davon sitzt im Rollstuhl. Das hat der Diversitätsbeauftragte der Produktionsfirma durchgesetzt. Die Wissenschaftler finden schnell eine praktikable Lösung. Aber keiner hört ihnen zu. Stattdessen sehen wir »besorgte Bürger«, die aufgebracht in Kameras brüllen, dass sie nicht an Asteroiden glauben und das doch nur eine Lüge der Regierung sei. Und falls doch ein Asteroid auf die Erde zukäme, wäre es ja erst mal wichtig zu wissen, wo der genau einschlägt und ob das überhaupt unser Problem sei.

T minus 6: Lobbyisten mahnen, die Wirtschaft dürfe nicht unter dem Asteroiden leiden. Gerade sei Konjunkturabschwung und die Zerstörung eines Asteroiden schaffe nun mal kein

Wachstum. Eine wieder aufzubauende komplett verwüstete Region dagegen ... (Schnitt.) Angela Merkel erklärt in einer für ihre Verhältnisse ungewohnt emotionalen Ansprache, dass sie das mit dem Asteroiden wirklich bedauern würde und da dringend was getan werden müsste. Sie habe vollstes Vertrauen in den zuständigen Minister. Auf Nachfrage, wer denn dafür genau zuständig sei, sagt Merkel, es gehe ja im weitesten Sinne um Mobilität ... (Dramatische Musik. Tatatatataaa.)

T minus 5: Zoom aus dem Weltall auf Europa. Auf Deutschland. Bayern. München. Auf die Zentrale der CSU. Auf Andreas Scheuer, wie er mit seinem Vorgänger Dobrindt bespricht, welche Firmen dieses Mal mit Geld zugeschissen ... äh, wie viel in die Rettung des Planeten involviert werden soll. Die beiden werden übrigens von Til Schweiger und Matthias Schweighöfer dargestellt. Weil niemand sonst so glaubhaft zwei Typen verkörpern könnte, bei denen sich jeder fragt, wie die es nur so weit gebracht haben ...

T minus 4: Pressekonferenz der Grünen. Robert Habeck sieht gut aus. Unfassbar gut. Und spielt sich natürlich selbst. Weil Robert Downey Jr. keine Zeit hatte. Die Grünen haben Bedenken, dass eventuell auf dem Asteroiden Lebensformen existieren könnten, die durch seine Zerstörung aussterben würden. Ein Artenschutzgutachten sei notwendig, bevor man einfach so ein wertvolles Biotop zerstöre. Robert Habeck kündigt an, mit Elon Musks privater Weltraumfirma zum Asteroiden zu fliegen, um sich an diesen zu ketten. Kurzfristig beschließt er dann, diesen, aber auch wirklich nur diesen Job lieber Cem Özdemir zu überlassen.

T minus 3: Zehntausend Bauern demonstrieren vor dem Landwirtschaftsministerium und zünden Chlorhühnchen an. Sie wollen darauf aufmerksam machen, dass sie unter den vom Asteroiden Betroffenen die am meisten Leidtragenden seien. Egal, ob er aufschlägt oder nicht. Sicherheitshalber haben sie ihre Felder schon mal selbst verwüstet. Warum, weiß keiner so genau.

T minus 2: Wir sehen ein paar verängstigte, wütende Kinder, die fordern, dass man endlich was unternimmt und auf die Wissenschaft hört. An dieser Stelle wird der Film interaktiv. Das Publikum darf die Kids lautstark beschimpfen und dazu auffordern, sofort wieder zur Schule zu gehen, damit sie optimal aufs Berufsleben vorbereitet sind, falls der Asteroid wider Erwarten doch nicht einschlagen sollte. Die Anführerin der Kinder spielt übrigens nicht Greta Thunberg, der war die Produktion nicht CO_2-neutral genug. Stattdessen wird sie verkörpert von Florian Silbereisen. Irgendwo musste der untergebracht werden. Und ganz ehrlich: Keiner kennt sich im deutschen Fernsehen besser aus mit Katastrophen. Apropos Katastrophen.

T minus 1: Wir sehen nun in Schwarz-Weiß und mit »I don't want to miss a thing« von *Aerosmith* unterlegt eine Viel-zu-Nahaufnahme von Christian Lindner. Christian Lindner wird gespielt von Christian Lindner. Weil keiner sonst Christian Lindner sein wollte. Nicht mal der Typ aus der Check24-Werbung. Er spricht vom möglichen Einschlag als einer »dornigen Chance«, die man den Profis überlassen sollte. Der Markt werde das schon regeln. Wenn es wirklich eine Nachfrage nach Rettung vor dem Asteroiden gäbe, würde auch ein privatwirtschaftliches Angebot dazu entstehen. Da sei der Staat nur hinderlich. Diese Szene konnte trotz aller Widerlichkeit nicht rausgeschnitten werden, da der Film Fördergelder erhielt von der Initiative Neue Soziale Marktwirtschaft.

Tag X: Breaking News zu den Wissenschaftlern: Wie die Bild herausgefunden hat, ist einer von ihnen Veganer! Die daraufhin ausbrechende Diskussion darüber, warum diese Veganer immer so missionarisch sein müssen und ob diese Ernährungsweise auf lange Sicht nun wirklich gesünder sei und warum, wenn Gott gewollt hätte, dass wir keine Tiere essen, er sie dann bitte so unglaublich lecker gemacht hat, dauert an bis zum Einschlag. (Einschlaggeräusch, GEMA-frei.)
Keine Überlebenden. Happy End.

4. Kapitel

GEGEN-SÄTZE

Kaleb Erdmann

Konsum und Verzicht

Ich liebe Supermärkte. Ich liebe Supermärkte so sehr, manchmal werfe ich noch verpackte Sachen weg, um einkaufen gehen zu können. Ich fühle mich wohl in Supermärkten. Je größer, desto besser. Ich liebe die angenehme Temperatur, ich liebe das Glänzen von frischem Obst und Gemüse und ich liebe das Glänzen von Plastikverpackungen. Ich liebe Fleischtheken. All dieses organische Material auf einem Haufen, ineinander verknotet. Wie eine Sexorgie. Ich liebe auch die Durchsagen in Supermärkten, weil ich es mag, belogen zu werden. Ja. In Supermärkten sind die Werbedurchsagen von so verlogener Poetik. Weil wenn man weiß, dass man angelogen wird, dann kann man das reflektieren, dann kann man Spaß daran entwickeln. »Probieren Sie doch mal das neue Ofenbaguette Lachs-Baklava. Die größten Schätze aus den kühlen Tiefen des Atlantiks umarmen das Temperament des Orients. Greifen Sie zu!« – Den Teufel werde ich tun! Das ist widerlich. Aber ich mag den Klang dieser Worte. Deshalb kaufe ich mir doch längst noch kein Lachs-Baklava-Ofenbaguette. Ich höre das nicht und denke mir: »Verdammt. Ein Lachs-Baklava-Ofenbaguette ist genau das, was ich jetzt brauche.«

Ich bin ein Konsumautomat, kein schlurfender Zombie. Ich weiß, dass das Werbung ist, und ich mag Werbung. Ich mag ihre Ästhetik. Man sagt immer, Werbung bringt Leute dazu, etwas zu wollen, was sie nicht brauchen. Aber was braucht man schon, wenn man wirklich ehrlich ist? – Einen Feuerstein und ein fruchtbares Stück Boden. Aber das ist mir nicht genug. Ich liebe Supermärkte. Ich bin kein Feind des Konsums.

Es wird oft so dargestellt, als sei Konsum etwas Schlechtes. Fünfzehn Sorten Buttermilch zum Beispiel, scheiß drauf! Gib mir fünfundzwanzig. Ich schleiche nicht mit gebeugtem Haupt an den Regalen entlang und schäme mich für die ganze Buttermilch und die tausend Sorten Chips. Jeder Mensch braucht seine eigene Sorte Chips, das ist die Welt, in der ich leben will. Der Skandal ist doch nicht, dass wir zu viel Auswahl haben, der Skandal ist, dass Menschen verhungern, obwohl die Ressourcen vorhanden sind, sie zu ernähren. Natürlich stößt man dann irgendwann auf ökologische Probleme. Bei 7,8 Milliarden Sorten Chips. Aber genau das sind die Sachen, von denen ich erwarte, dass Leute in weißen Kitteln und mit zerstreutem Blick sie lösen. Es gibt nicht genug Fleisch für alle Menschen, nicht genug Tiere. Aber es gibt Ansätze, Fleisch im Labor aus Zellen zu züchten. Ja. Da kann ich doch nur sagen: »Lass die Kuh in Ruhe und programmier mir ein Steak, Wissenschaftsdude. Generier mir ein Lachs-Baklava-Ofenbaguette straight aus dem 3D-Drucker, Kumpel. Erschaff mir eine Pizza mit Sellerie und Pfefferminz.«

Ich versteh die Leute nicht, die immer weniger wollen. Die nicht nach Wegen suchen, das Viele allen zugänglich zu machen, sondern diese ganze schöne bunte Welt verteufeln. Schau doch, wie verdammt bunt diese Welt ist, und zwar nicht nur wegen der scheiß Blumen, sondern auch wegen der Verpackungen der Produkte!

Klar kann ich auch Haferflocken aus einem Eimer löffeln. Ich kann sogar Haferflocken aus demselben Eimer löffeln, in den ich scheiße, um Ressourcen zu sparen. Aber was zum Teufel hilft das den Menschen, die hungern? Du kommst von deiner

Indienreise zurück und sagst, ohne dich zu schämen, dass du es beeindruckend findest, wie arm dort alle sind, aber obwohl sie mit so wenig auskommen müssen, trotzdem voll glücklich, da könne man sich echt ein Beispiel dran nehmen. Und du bist zu dumm, um zu verstehen, dass diese Menschen sich ihre Armut nicht ausgesucht haben, so wie du, wenn du auf Goa drei Wochen auf einem beschissenen Baum lebst, um dann zurückzukehren in dein Leben voller Snacksalami und Ofenbaguettes. Und du tust so, als würden diese Menschen keine Snacksalami wollen. Natürlich wollen sie Snacksalami, du Arschloch. Warum auch nicht?

Klar kann ich im Wald leben in einer Hütte. Klar komm ich aus mit einem Shirt, einem Stuhl, einem Eimer. Wozu brauch ich iTunes. Ich kann mir selbst ein Liedchen spielen auf einer Flöte, die ich aus meiner eigenen getrockneten Scheiße geschnitzt habe.

Man sagt, Konsum lenkt ab von den wesentlichen Dingen. Aber wesentlich ist mir mein Wohlergehen und das meiner Mitmenschen. Wesentlich ist mir die freie Entfaltung meiner Persönlichkeit und dieselbe Möglichkeit für alle anderen. Der Konsum steht mir dabei nicht im Weg. Natürlich will ich meine Nutella-Bolognese lieber in der befreiten Gesellschaft essen. Aber dass die befreite Gesellschaft mit Nutella-Bolognese nicht zu machen ist, das stimmt nicht. Ich will das, was ich hab. Und ich will mehr, nicht weniger. Ich will Fanta-Brunnen in den Straßen. Ich will Kräuterbutterberge und Erdbeermilchseen, ich will für jeden Gedanken einen Roboter, der ihn live stenografiert und der auch einen guten Gin Tonic mixen kann. Technologie erscheint bedrohlich in einer Welt, in der Roboter Menschen ersetzen. Ich will in einer Welt leben, in der Roboter alle Arbeit machen, damit die Leute Zeit haben für Sex und Philosophie und das Verfassen von mittelmäßigen Slamtexten wie diesem hier. Ich will einen Bierzapfhahn auf der Unitoilette. Ich will 8000 Geschmacksrichtungen von allem. Ich will das gute Leben jetzt und in alle Ewigkeit und für alle. Ich will, ich will, ich will! Und ich schäm mich nicht dafür. Mein Rücken ist gerade, wenn ich mir meine Snickers-Spinat-Lasagne kaufe. Ich liebe Supermärkte. Jeder sollte einen haben. Irgendwann mal. Wenn wir am Ziel sind.

Video

Manfred Manger

Dämmerung, zwischenmenschlich

vor den Alpen in der Frontscheibe unseres Wohnmobils
glühende Himmel
im Radio fallen Bomben. Busse fahren
in Menschenmassen und ein Rucksack
ist schon längst nicht mehr
nur ein Fernwehsymbol.
Die Aussichten sind blutiger und
näher als uns lieb ist.

Im Rückspiegel ein Weg. Linien und Kurven
auf einer Landkarte, vermessen von unseren Ideen.
So priesen wir die Richtigkeit unserer Wege.
So priesen sie die Richtigkeit ihrer Wege.
Unseren Linien folgend sind wir
bis hierher gekommen, aber auch nicht weiter.

Wir wissen es ist eine runde Welt und
doch zeichnen wir sie in Flächen,
glauben in Senkrechten und Geraden,
in Kurven und Parabeln, denken mit der
Reichweite unseres Augenblickes immer
dem eigenen Zenit lang, obwohl die Opfer
schon vor der Haustür liegen.
Für Zenit gibt es eben
keinen Plural.

Vor uns geht die Sonne unter, du meinst
die Dämmerung sei dunkel. Und irgendwie
hast du recht. Ein bisschen zumindest.
Unser Weitblick überquert manchmal keine Alpen und
hinter dem Berg vor uns
stürzt die Sonne ab.
Dahinter ist es hell, wir aber sehen nur
die nahende Dunkelheit. Aber dazwischen
sage ich, geschieht doch Dämmerung weil
dauernd und immerzu eine Sonne
in ein Tal stürzt und jeder
vor seinem eigenen Höhenzug steht.

Wir sind Linien gefolgt, um bis
hierher zu kommen, aber auch nicht weiter.
Wir haben Kriege geführt und führen sie noch.
Wir sollten jetzt aufhören, sage ich.
Eine Landkarte ist eben
nicht die Landschaft.
Es gibt keinen Entweder-dein-oder-mein-Weg.

Vielleicht sollten wir wieder mal gemeinsam
ins Kino gehen, in eines in dem die alten
Erinnerungen laufen, die Dramen und
Komödien von damals, auch die Kriegsfilme
und die Lovestorys, die mit Weichzeichner
gedrehten Schicksale und kontrastverstärkten Liebeleien.
Filme, die uns über unsere Dummheit
lachen und weinen lassen und dann
lass uns rausgehen eine Flasche Rotwein trinken
oder eine Shisha rauchen. Vor allem aber
lass uns die Stopptaste drücken
die stereotypen Serienfilme anhalten und

das Richtige für morgen tun.
Wir würden verstehen
dass Morgenland und Abendland
wie ein gemeinsamer Tag zusammengehören.

Zwischen null und vierundzwanzig Uhr
hört ein Tag auf und eine Nacht beginnt.
So klein ist ein Zenit.
Dazwischen ist Dämmerung und darum
lass uns keine Sonnenstunden zählen, nur
um die Tageslänge zu vermessen. Eine Sonne
muss untergehen,
damit du Sterne zählen kannst.
Und aufgehen – Farben
leuchten nur im Licht.
So kann eine schöne Nacht
einen Tag schön machen.
Und umgekehrt.

Wir wollen zusammen weitergehen
vor diesen glühenden Himmeln, den
Höhenzügen blutiger Nachrichten und
gemeinsam Rucksäcke statt mit Bomben
mit Proviant packen, für einen Weg
für zwei Dämmernde.

Der Zenit ist kurz. Im Übergang die Tage.
Auf Morgendämmerung folgt
Abenddämmerung.

In der Zwischenzeit heißt es,
für morgen
das Richtige tun ...

Julius Althoetmar

Logik

Meine Damen und Herren!

Herzlich willkommen zur heutigen Samstagabendübertragung, heute Julius, aus dem Team Logik, er hat eine super Saison gespielt, er ist so logisch, dass er Mathe studiert. Mit Nebenfach Informatik, er sagt über sich selbst: Ich schreibe mein Leben nicht, ich folge nur dem Weg, den die Logik mir diktiert. Und sein Gegner heute: das Milchregal im Edeka, berüchtigt, gefürchtet, gleichmäßig gekühlt.

Und das Spiel beginnt, Julius nähert sich katzengleich dem Regal, elegant legt er da die Hand auf den Griff und zieht mit einem Ruck, fantastische Form, er hält die Körperspannung aufrecht und bewahrt da jetzt auch klasse Übersicht über das gesamte Regalfeld, er spielt einen Antäuschungsgriff in Richtung H-Milch, das hat so keiner kommen sehen und direkt im Anschluss nutzt er die Lücke, um da zielsicher auf die Biomandelmilch zuzusteuern, das ist die richtige Strategie, er hat ja das Geld, warum da nicht regional und umweltbewusst einkaufen, und siegessicher stürmt er voran, das Ziel ist zum Greifen nah ... Doch was ist das? Im letzten Moment schwingt er um, offensichtlich abgelenkt vom Preisschild der »Gut-&-Günstig«-Milch, da schließen sich die Finger um den Karton, aber er hat nicht genug, er nimmt gleich noch einen zweiten Liter Milch. Desaster! Wer war denn da für die Taktikplanung zuständig? Das macht ja überhaupt keinen Sinn und er weiß es ja selbst, als er mit gesenktem Kopf zur Kasse trottet, er hat die Logik enttäuscht und trotzdem nur 87 Cent gespart und das wird im Nachhinein einiges an Aufarbeitung erfordern. Mit diesen bedrückenden Bildern – zurück ins Studio. Ich denke gerne logisch

sag ich
Und dann stöhn ich, wie ein kaputter Auspuff
weil ich morgen so früh raus muss
Doch wenn ich dann im Bett sitz
denk ich: »Och, so'n bisschen Netflix ...«
Auf meinen Küchenbodenfliesen
ließ ich ein Stück des Brotes liegen
und weil's seit Tagen drückend stank
kick ich's untern Küchenschrank
Dein Langzeitfreund verlässt dich?
Dann komme und versprech ich
dass ich alles wiedergutmache
mit Blutrache

Dann will ich mein E-Mail-Postfach aufrufen
doch werd abgelenkt, von 'nem Artikel über Baugruben
und anstatt, dass ich nur kurz reinschau
klick ich durch zwanzig Seiten Slideshow
und lern im Anschluss alles über Premium-Küchen-Einbau
Und ich sag, dass mir das Geld fehlt
dass mir mein Leben viel zu schnell geht
dass ich statt Arbeit gern mehr Zeit hätt'
doch ich brauch das neue iPad
Denn auch wenn ich mich täglich am alten erfreu,
es ist mir gerade zu alt und zu wenig neu
Ich trage eine Mütze, auch wenn ich im Warmen sitze
obwohl ich dann eklig an den Haaren schwitze
Es gibt schon einen Grund, warum ich nicht trainiere
Ich ernähre mich gesund, weil ich so Gewicht verliere

denk ich, als ich ein Stück Butter in Rinderfett frittiere
Für Logik bin ich einer, der stolz in erster Reihe steht
und die Fahnenstange reckt
Ich hab mich hinter dem Gedanken jahrelang versteckt
dass es möglich ist und wünschenswert
dass jede meiner Taten perfekt logisch begründet wär'
und erst langsam kam die Einsicht
Logik alleine reicht nicht
Und als mir das dann klar war, dachte ich:
»Ja, das ist ja auch irgendwie ... logisch
Mensch ungleich Maschine. So weit so einfach.
Aber ist's anscheinend nicht

Zumindest wenn man sich so die *Tagesschau* anschaut. Und dann sieht man da unsere Landwirtschaftsministerin Julia Klöckner. Und als wäre das nicht schon schlimm genug, muss man sich dann auch noch von ihr erklären lassen, wie Umweltpolitik funktioniert. Und alles, was sie sagt, ist: »Des mach ma freiwillig.«

Wir bauen einfach mal darauf, dass alle Leute, spontan, immer, in jeder einzelnen Situation, die richtige Entscheidung treffen. Dass sie bei ihrem Konsumverhalten immer die großen Zusammenhänge im Blick behalten.

Das ist doch keine Politik. Das ist in etwa so, als würde ich jetzt hier an dieser Stelle sagen: Ja, Mensch, ich hätte hier natürlich einen Witz schreiben können, aber ich setzte mal drauf, dass ihr einfach freiwillig lacht. Das ist so feige. Es ist so feige, beim Umweltschutz die ganze Zeit zu sagen: Mensch, freiwilliges Tierwohl, freiwillige Abgaben, freiwillige Richtlinien für die Wirtschaft, das reicht ja wahrscheinlich. So kann man ganz unkompliziert alle Verantwortung von sich weisen.

Und versteht mich nicht falsch, natürlich hat jeder Einzelne auch Verantwortung. Ich respektiere das, wenn jemand sagt:

»Konsequenter Umweltschutz bedeutet für mich, mich in einer Berghütte in Rentierhaare zu kleiden und von Bieberexkrementen zu ernähren.« Das respektiere ich.

Und dann wird er von einem Bären gefressen. Und auch dann respektiere ich ihn, denn dann war er im Gegensatz zu unserer Politik wenigstens konsequent.

Aber es gibt halt nicht unbegrenzt viele Berghütten und Umweltschutz durch kompletten Konsumverzicht kann ja auch nicht die Lösung sein. Und wenn ich vor dem Milchregal stehe, dann weiß ich, welche Milch ich nehmen soll. Aber ich weiß auch, dass ich mir für 50 Cent mindestens ein Überraschungsei kaufen kann. Und dann muss ich mich jedes Mal entscheiden und das ist anstrengend und ich hasse es, dass es so weit überhaupt kommen musste.

Niemand gibt gerne etwas auf. Und Verzicht funktioniert in der breiten Masse nicht einfach nur, weil Julia Klöckner sich das so wünscht.

Menschen entscheiden manchmal aus dem Bauch heraus, sind manchmal egoistisch und es ist eben auch wirklich unglaublich schwierig, immer alle Folgen seiner Entscheidungen im Blick zu behalten. Und deshalb ist es die Aufgabe der Politik, die Rahmenbedingungen dafür zu schaffen, dass wir manchmal irrational und dumm sein können und dabei trotzdem nicht unseren Planeten zugrunde richten.

Und es ist eine Schande, wie feige unsere aktuelle Politik sich vor dieser Verantwortung drückt.

Klar hab ich Verantwortung
und das kann für mich persönlich auch Dinge aufgeben mein'
aber das darf für die Politik halt keine Ausrede sein
Und wenn es nicht so traurig wär'
dann wäre es im Grund komisch
Aber so ist diese Politik nur eins:
und das ist fucking unlogisch

Kierán Meinhardt

Sommer im Winter

Nebel gießt sich aus über autobrücken.
Masten nur durchstechen die wattedecke,
glutgetränkt im sonnenaufgang. Es ist ein
sommer im winter.

Birkenstämme halten nicht stand, erblinden
vor der sonnenscheibe, vergeh'n im feuer
ihrer blicke. Kahle geäste fingen
sommer im winter.

Fern beschlägt ein glas. Es gefriert ein regnen
irgendwo. Es ziehen dort unsichtbare
pinsel raues weiß über wiesen. – Hier ist
sommer im winter.

Hier ist heiße kälte, dezemberjuli.
Hier liegt blau auf grün auf beton und straßen.
Hat das jahr sein alter vergessen hier im
sommer im winter?

Sebastian 23

In der Blüte der Quadrate

Ein Mitmachtext,
bei dem das Mitmachen aus Nichtstun besteht

Wo die Quadrate am prächtigsten blühen,
da fürchtet man Ecken und Kanten
Da ist man geprägt vom echten Bemühen,
in der Mitte der Strecke zu landen
Hier schert man nicht aus, da stößt man nicht an,
trägt man Scheuklappen an seinen Sorgen
Ist man glatter als Wasser auf ruhenden Seen,
die Heugabeln bleiben verborgen

Es war schon mal schlimm, jetzt geht es uns gut und bequem,
bitte nicht mehr bewegen
Dass die Erde sich dreht, ist nicht unser Problem,
solange wir nicht drüber reden
Im Winde klirren die Ränder der Wahrnehmung
zwischen Empfängern und Sendern
Nur wenn es ganz schlimm kommt, täuschen wir an,
hier wirklich etwas zu ändern

Strahlt Fukushima, verkündet Geschrei,
dass wir die Atomkraft beenden
Klingt superprima, doch lassen wir's dabei
schon nach einem Monat bewenden
Wir schimpfen nur kurz, klauen uns Banken
durch Steuertricks fünfzig Milliarden
Denn wir haben vom Schaden
selbst nur ein Achtzigmillionstel künftig zu tragen

Stehen Geflüchtete schon an den Grenzen,
dann dürfen ein paar hier einlaufen
Danach übersehen wir gerne,
dass täglich im Mittelmeer Menschen ersaufen
Dann wird halt mit alldem so weitergemacht,
wie wir es stets schätzten und hielten
Im Land des Bewahrens wird nur heiter gelacht,
wenn wir ganz ohne Einsätze spielten

Bloß keinen Stress, kein Entblößen,
nur so bleibt hier endgültig alles beim Alten
Und der Alte ist weiß, cis und Hetero-Mann,
der konnte stets schalten und walten
Doch scheu wie ein Rehkitz, man darf ihn nicht reizen,
in Bild oder Ton oder Schrift
Sonst erschreckt er sich noch,
dann schimpft er lautstark
»Genderwahnsinn« und »linksgrün versifft«

Wollt ihr, dass alles beim Alten bleibt?
Das Publikum schweigt

Wo die Quadrate am prächtigsten blühen,
da fürchtet man Ecken und Kanten
Da ist man geprägt vom echten Bemühen,
in der Mitte der Strecke zu landen
Hier schert man nicht aus, da stößt man nicht an,
trägt man Scheuklappen an seinen Sorgen
Ist man glatter als Wasser auf ruhenden Seen,
die Heugabeln bleiben verborgen

Sind wir laut Bibel das Salz dieser Erde,
dann scheint sie mir etwas verwürzt

Von Selfiestick-Menschen, Headset-geknebelt,
den Blick in den Bildschirm gestürzt
Doch niemand ist dabei so wirklich allein
im munteren Strampeln nach Macht
Wenn jede nur ausreichend an sich selbst denkt,
dann ist doch an alle gedacht

Salbe mein Haupt in Neonröhren,
Frappuccino, Mobiltelefonen
Damit unter Tattoos die Haut nicht so juckt,
weil wir im Wohlstandsloch wohnen
Unten im Brunnen, im flachkalten Wasser,
umzingelt von steilglatten Wänden,
kann man nicht klettern, doch hält sie wie Gold
in den greifenden Flächen von Händen

Alles ist rund wie der Himmel, die Sonne,
und sind wir mal strenger und ehrlich
Auch wir selbst sind schon rund,
denn rund sind wir uns dann auch endlich nicht länger gefährlich
Statt Ideen vom Wir nur *uns* zu verwirklichen
zwischen der Wiege und Truhe,
zwischen Ampeln mit Männchen und »Draußen nur Kännchen«
lassen wir uns halt in Ruhe

In der parlamentarischen Demokratie
darf man sich alle vier Jahre melden
Man wählt neue Helden, die uns dann retten,
zum Glück sind das immer dieselben
Die sagen »Wir schaffen das«,
doch putzen sie nicht in den Fugen von Paul Celan
Und wir sind noch dankbar, wenn nichts passiert,
als wären wir aus Porzellan

Importieren die Waren, aber schauen mit Sorge
auf Menschen aus anderen Ländern
Dass die Uhren sich drehen, ist fast schon zu viel,
denn hier soll sich gar nichts verändern
Das Gehalt soll nur wachsen,
der Fernseher braucht mehr HD als der bei den Nachbarn
Und reißt uns die Zukunft ein Loch in den Bug,
dann bleiben wir alle halt achtern

Was soll dabei schon schiefgehen?
Das Publikum schweigt

Aber was, wenn sich rausstellt, dass, wie es ist,
können keine zehn Pferde erhalten
Wurde zu hoch gebaut, wird das Fundament krank,
dann bleiben nur Scherben vom Alten
Denn sind die Ressourcen erst einmal erschöpft,
ist die Erde zu Ende gemolken,
versteckt sich die Sonne der ewigen
Gleichförmigkeit schließlich hinter den Wolken

Da hilft kein trüb Stochern und immerzu Sagen:
»Aber wir ham doch schon immer ...«
Der Versuch, hier alles beim Alten zu halten,
macht dann wirklich alles nur schlimmer
»Aber plötzlich zu handeln, das ist Aktionismus,
die Krise wird jäh überschätzt!«
Nein, die Krise ist alt, wir wussten das lange
und haben gezögert bist jetzt

Jetzt brennen die Wälder, die Dürre greift um sich,
die Stürme zerreißen die Stille
Die Polkappen schmelzen, die Tiere verrecken,
uns Menschen bleibt nur der Wille

zu atmen, im Feinstaub der Realität
wirken die Utopien verschwommen
Die Klage erhob sich und wurde versenkt,
denn wir haben zur Antwort bekommen:

»Industrien verschonen und schön langsam machen,
um Betroffene nicht zu belasten«
Wundert euch wirklich, wenn Kinder mit Schildern
auf offener Straße ausrasten?
Das mit dem Flugzeug, dem Schiff und dem Auto,
das ist wirklich einfach erklärt,
weil man quasi damit etwa alle zehn Meter
ein künftiges Kind überfährt

Wenn man nichts macht, wird Idylle zu Gülle,
das letzte Stück Erde vermüllt
Also weniger Plastik und weniger Fleisch,
keine Flüge von Hamburg nach Sylt
Das auch per Gesetz und per Steuer,
weil heuer Appelle hier wenig erreichen
Klar tut das weh, das hat Ecken und Kanten
und wird euch Gewohnheiten streichen

Wird uns unbequem sein, wird Streit provozieren,
mit jenen, die Blicke verweigern
Doch die Uhr dreht sich weiter,
auch wenn sie sich festklammern
an ihren tickenden Zeigern
»Das muss man doch alles besonnen angehen,
lasst uns noch mal drüber reden«
Wir können gern drüber reden, doch lass uns zuerst
diesen Flugzeugabsturz überleben

Wo die Quadrate am prächtigsten blühen,
da fürchtet man Ecken und Kanten
Da ist man geprägt vom echten Bemühen,
in der Mitte der Strecke zu landen
Man hört es vibrieren, Motoren schon stottern,
hinter Scheuklappen unserer Sorgen
Und wenn wir die Klappen nicht aufmachen,
dann ist schon heute das Ende von morgen

Wollt ihr was ändern?
Das Publikum schweigt

Dann lasst euch nicht länger sagen,
dass ihr nichts machen könnt

Video

Janina Mau

Die Mietsache

Als ich klein war, hing ein großes, blaues Plakat in unserer Diele neben der Eingangstür. Jeden Tag habe ich dieses Plakat angeguckt. Als ich auf dem Fußboden sitzend darauf wartete, dass meine Mutter mir die Schuhe zuband, um mich zum Kindergarten, zum Schwimmen oder zum Flöten zu bringen, habe ich gerätselt, was es bedeutet.

Ich habe das Plakat immer gemocht. – Die große, bunte Erdkugel auf dem blauen Hintergrund, der mit vielen leuchtenden Sternen gespickt war, sah so friedlich aus! Sanft, ruhig und harmonisch. Darunter stand in sonnengelben Buchstaben: *»Die Mietsache ist schonend zu behandeln und in gutem Zustand zurückzugeben.«*

Ich wusste damals noch nicht, was eine »Mietsache« ist. Und auch die ungewohnte grammatikalische Struktur des Satzes ergab für mich keinen Sinn. Aber die Atmosphäre, die von diesem Bild ausging, habe ich immer schon verstanden. Die abgebildete Erde wirkte majestätisch. Fast heilig. Unantastbar in ihrer Schönheit! Und der Satz – auch wenn ich ihn noch nicht verstand – klang wichtig und weise.

Das Plakat hing in der Diele unseres Hofes. Dort hatten wir Schafe, Hühner, Zeit und viel Freiheit. Wir haben Milch in silbernen Kannen vom Bauern geholt und unsere Hühner haben Küken ausgebrütet. Sie sind gewachsen, ich habe sie gefüttert und irgendwann hat meine Oma sie gerupft und eine gute, kräftige Suppe aus ihnen gekocht.

Mit meinem Vater habe ich oft den Sperrmüll durchsucht. Wenn eines Tages im Dorf plötzlich wieder alles draußen stand und er von der Arbeit kam, sind wir beide einsacken gegangen! Und wenn nach der Maisernte auf den umliegenden Feldern Hunderte Kolben zurückblieben, zogen wir mit dem Bollerwagen los und sammelten sie ein. Damit kamen unsere Hühner über den Winter.

Einige Jahre später hatte ich die Bedeutung des Plakats verstanden. Aber ich ging inzwischen achtlos an ihm vorbei, als ich zu Partys aufbrach und zu meinen ersten Dates. Ich fand es immer noch schön und es sprach eine unbestreitbare Wahrheit, aber es war eben die von meinen Eltern, über die ich nun beschämt die Augen rollte, wenn sie in ihre Birkenstockschlappen schlüpften, um mich zum Reiten zu fahren. Die Erde war wichtig, ja, aber zu dieser Zeit war sie mir ehrlich gesagt ziemlich egal. Ich hörte Techno und fuhr mit meinem Freund in seinem neuen Auto herum. Meine Eltern pflanzten währenddessen im Garten Büsche, ernteten Kartoffeln, gingen zu Anti-Atomkraft-Demos und PDS-Treffen.

Dann bin ich ausgezogen. Und habe mich eine Weile lang kräftig aus dem Sündenpfuhl von McDonald's, Dosenravioli, durchfeierten Nächten, IKEA, Markenklamotten und Egoismus bedient.

Doch dann wurde ich älter und älter und habe immer mehr Dinge über die Welt erfahren ... Zu viele, denke ich manchmal. Denn es fällt mir heute schwer, noch ausgelassen fröhlich zu sein. Aber all diese Erfahrungen brachten mich auch wieder sehr nahe zu den Prägungen meiner Kindheit und der Aussage des Plakats.

Niemand von uns »besitzt« doch wirklich etwas von der Welt. Auch wenn Menschenarroganz-gemachte Grundbücher,

Kaufverträge, Staaten, Grenzen, Gesetze und bequeme Gegebenheiten so etwas behaupten. Wir sind alle nur Mieter. Wir sind Gäste! Temporäre Nutzer! Also, wieso maßen wir uns an, so grundlegende, gravierende Veränderungen an der Erde vorzunehmen? Solche, die nicht rückgängig zu machen sind. Als Hotelgast reiße ich doch auch keine tragende Wand ein, erschieße die Portiers und baue mir einen Whirlpool ins Schlafzimmer!

Aber wir säen Minen und jahrtausendelang giftigen Atommüll in den Mutterboden, der uns eigentlich ernähren sollte, wässern ihn mit saurem Regen und Pestiziden und schmeißen noch ein paar Nuklearbomben hier und da drauf und bauen den Rest mit Bürohochhäusern, Shoppingmalls, Parkplätzen und Betonwüsten zu, weil wir das können und weil man das irgendwie so macht im 21. Jahrhundert und weil dann wieder irgendein Bürgermeister ganz viel Applaus kriegt! Oder zumindest irgendein total innovativer Architekt irgendeinen internationalen Penispreis!

Doch für den Rest gibt es keinen Applaus. Ganze Gebiete und Köpfe werden unzugänglich, unbrauchbar und krank gemacht! Pflanzen, Tiere, Wälder, Meere, Menschen, ganze Landstriche und Spezies werden ausgebeutet und verseucht mit chemischen Substanzen und mit Gier.

Dabei brauchen wir doch alle dasselbe – der Mensch wie das Tier wie die Natur: gute Luft, gesunden Boden, sauberes Wasser. Und das wäre für den Menschen von heute gar nicht so schwer zu erreichen. Die Fähigkeiten dafür haben wir. Was uns fehlt, ist die Verbindung zum Kosmos und die Achtung vor ihm. Was uns fehlt, ist eine Verbindung zu unseren Kleinen und Alten, zu Menschen und Geschehnissen jenseits unseres Tellerrands; eine Verbindung zu dem, was für den Erhalt der Welt, der Menschen und Tiere wichtig ist.

Wir Menschen sind heute so wenig in Verbindung mit uns selbst, so abgelenkt, so manipuliert, dass wir vergessen, was wir brauchen. Vergessen, was wichtig und wann genug ist. Uns ist der Weitblick abhandengekommen und die Demut. Denn Demut ist ein altes Konzept. Sie erscheint vielen nicht mehr cool und auch nicht mehr notwendig, seit wir »herrschenden Wesen« Gewitter und Erkältungen nicht mehr als potenzielle Todesurteile fürchten müssen.

Demut ist out. *Wollen* ist in! Wir wollen, was die Werbung und die Einflussreichen uns einreden, dass wir es wollen, und tun es. Und dann nehmen wir plötzlich Teil am 10-Schritte-Workshop *»Wie entwurzle ich mich am effektivsten von meiner Mutter Erde?«*. Und in den Kaffeepausen besingen wir immer wieder fröhlich gemeinsam unser angestrebtes Endziel: *Völlig losgelöst von der Erde!*

Dabei sollten wir bei unserem Höhenflug nicht vergessen, dass wir alle nur Mieter sind. Temporäre Gäste. Unsere Kaution? Ist unser aller Leben. Und das unserer Nachkommen. Und den Vertrag dazu sind wir, jeder einzeln, mit unserer Geburt eingegangen und werden ihn auch erst mit unserem Tod beenden. Was wir dazwischen tun, sollten wir mit Respekt, mit Bescheidenheit, Demut und Dankbarkeit tun. Denn es ist ein *verdammt* großes Geschenk, auf dieser Welt sein zu dürfen!

Vor einer Weile habe ich mein Kindheitsplakat als Postkarte wiedergefunden. *»Die Mietsache ist schonend zu behandeln und in gutem Zustand zurückzugeben.«* ... Sie hängt nun neben meiner eigenen Eingangstür. Unseren Hof haben wir vor 15 Jahren verkauft. An eine Familie, die die drei großen Linden neben der Auffahrt noch vor ihrem Einzug hat fällen lassen. Meine Eltern sind inzwischen alt und können vieles nicht mehr allein. Ich trage ihnen Blumenkübel aus dem Keller hoch, versuche, ihnen E-Mail-Schreiben beizubringen, organisiere Arzttermine und Pflegedienste, sortiere Tabletten und Gerümpel. Und manchmal ist das ganz schön anstrengend.

Aber ich fühle mich wohl. Verwurzelt und verbunden mit den Generationen, dem Kreislauf und mit der Natur. Demütig, Teil von etwas Großem, Majestätischem zu sein. Teil des Plakats meiner Kindheit geworden zu sein.

Und wenn ich heute aus dem Haus gehe, schlüpfe ich in die Birkenstock-Schlappen meiner Mutter, die sie nach 25 Jahren ausrangiert und mir geschenkt hat. Und damit versuche ich, so wenig Fußabdrücke wie möglich auf diesem wunderschönen Planeten zu hinterlassen.

Meral Ziegler

Ich habe keinen Bock, einen Umwelttext zu schreiben

Wer von euch in letzter Zeit Diskussionen mit Klimabezug verfolgt hat, könnte sich ebenfalls darüber gewundert haben, wie unterschiedlich Argumentationsstrategien sein können. Ich zumindest bin verwundert über die Masse schiefer Vergleiche, die es momentan nur so zu hageln scheint.

Vornehmlich Menschen älteren Semesters wissen sich oftmals nicht besser zu helfen, als an irgendeinem Punkt zu jammern: »Wie viel CO_2 ausgestoßen wird von all den Menschen, die Greta um die Welt folgen, möcht ich gar nicht wissen!«

Ein schiefer Vergleich, der unterm Strich aber auch eine Aussage hat, nämlich: »Weiß ich jetzt auch nicht, was ich dazu sagen soll. Die Hauptsache ist doch, dass ich mich nicht mit mir selbst auseinandersetzen muss.«

Der umweltbewusste Schwanzvergleich des traurigen Haremshosenjünglings auf der anderen Seite ist auch um keinen Deut besser: »Der Thore kauft nur noch im Unverpackt-Laden ein, lobenswert, aber nicht so konsequent wie Tina, die mittlerweile ohne Elektrizität lebt und im Jahr nur noch 0,4 Gramm Müll produziert, Tristan hingegen versorgt sich komplett selbst, natürlich kein Vergleich zu Thorsten, der sich seine Unterhosen selber häkelt und in einem Tipi wohnt. Besser macht es bloß noch Trude, die in einem Loch haust und sich seit dreißig Jahren nicht mehr bewegt hat.«

Es scheint, als wäre das Ziel dieses obskuren Wettbewerbs, so zu konsumieren, dass unser Planet denkt, wir hätten uns umgebracht.

»Sag mal, existiert Thorsten eigentlich noch?«, fragt die Erde. »Ach Quatsch, Thorsten ist quicklebendig. Er trägt bloß secondhand geshoppte Fair-Trade-Recycling-Hosen und isst zehn Tage alte Paprika aus dem Container hinterm Netto. Kein Wunder, dass ich dachte, er sei nicht mehr unter uns.«

Ein schmaler, gefährlicher und schwieriger Grat.

Existieren an der Schwelle zur Selbstauflösung erfordert allerdings ein gewisses Know-how.

In einem Videoblog shart Thorsten Tipps und Tricks für einen umweltbewussten Alltag. Der ernst dreinschauende Filzjackenträger stopft sich in einem Unverpackt-Laden mit baren Händen Nudeln in die Hosentaschen und nuschelt dabei in die Kamera: »Und schon wieder hab ich Plastik vermieden und der Erde etwas Gutes getan. Wir sind nun mal selbst dafür verantwortlich, unsere Prioritäten zu setzen. Es wäre so einfach. Man muss es nur wollen.«

Toll, Thorsten. Einfach nur toll, dass du dich so aufopferst im Zeichen des Umweltschutzes. Nachhaltigkeit als oberstes Gebot für eine lebenswerte Zukunft! Was für ein Vorbild! Seltsam, dass trotzdem oftmals das Gefühl vermittelt wird, es gehe hier nicht um Aufopferung, sondern eher um das Gegenteil, also Aufmerksamkeit oder eventuell sogar Selbstvermarktung.

Thorsten misst sein Konsumverhalten anhand eines selbst erstellten Barometers der Nachhaltigkeit und fragt sich:

Abbaubare Zahnpastakapseln oder Selbstmord?

Unfassbar teure Winterbarfußschuhe oder Selbstmord?

Wiederverwendbares Bambus-Zewa, das im Endeffekt

nichts weiter ist als eine Rolle voll siffiger Lappen, die du nicht wegschmeißen darfst, weil wiederverwendbar, oder Selbstmord?

Der Unverpackt-Laden gegenüber meiner Wohnung verkauft vierhundert Gramm Nudeln für exakt sieben Euro. Sieben Euro für einen selbst mitgebrachten Jutesack voller Gewissensbisse. Ich bin mir nicht sicher, ob meine Willenskraft ausreicht, um auf diesem Wege unserem geschundenen Planeten etwas Gutes zu tun.

In die Kommentarspalte unter dem Video schreiben Menschen: »Danke, Thorsten.«

Ich würde am liebsten schreiben: »Was soll die Scheiße, Thorsten? Meinst du nicht, dass deine Strategien, um der Klimakrise etwas entgegenzusetzen, selbstgefällig sind, denn warum sonst ein Videoblog machen über einen Alltag, den nur sehr wenige, extrem privilegierte Menschen wählen könnten?!«

Aber natürlich macht Thorsten in Ansätzen auch gute Punkte. Unser Konsumverhalten gleicht einer Müllmatroschka. Nach jedem abgelegten Laster entdecken wir ein neues, dem es sich lohnt entgegenzuwirken.

Wer für eine Party einen Laster voll Haribo-Kisten bestellt, in denen sich Säcke voller Haribo-Tüten befinden, in denen Haribo-Tüten sind, die kleine Haribo-Tüten beinhalten, in denen jedes einzelne Haribo noch einmal einzeln verschweißt ist, tut dies entweder aus mangelndem geistigem Kapital, aus Kostengründen oder weil er oder sie ein Arschloch ist.

Versteht mich nicht falsch! Auch ich finde schwachsinnigen Konsum geil. Ich bin definitiv materialistisch veranlagt, wie auch sonst in einem kapitalistischen System.

Das Leben als Aussteiger ist ein hartes und zermürbendes,

dafür muss man sich entscheiden. Aber was, wenn man sich nicht entscheiden kann?

Ich möchte mit diesem Text niemanden degradieren, der probiert, sich ein ökologisches Bewusstsein anzuschaffen. Auf gar keinen Fall! Alles, was ich sagen will, ist: Hört auf, anderen ein schlechtes Gewissen zu machen, um euer eigenes zu reinigen. Denn wer unreflektiert sein Lebenskonzept anderen aufzudrängen versucht, ist sich offensichtlich seiner Privilegien nicht bewusst.

Diese Attitüde der Ignoranz hat allerdings auch ihr Gutes.

Ich zum Beispiel habe einen Umwelttext geschrieben, obwohl ich explizit sagte, dass ich keinen Bock darauf hätte.

Video

Mieze Medusa

Reisen mit Zukunft

1)

Reisen mit Zukunft?

Weiß gar nicht, warum Reisen eine Zukunft bräuchte.

Die Zukunft ist doch eh schon lange Gegenwart.

Essen in Tablettenform – gibt's.

Pflegeroboter – gibt's.

Cyberspace – gibt's.

Hoverboards – gibt's. Obwohl sie damals, in *Zurück in die Zukunft,* anders ausgeschaut haben. »Hovern« wie »schweben«, nicht wie in »hat Rollen und fährt mit Strom und schaut blöd aus«.

Erdöl – gibt's gerade noch ein bisschen.

Dafür fahren die Autos ab circa jetzt gelegentlich mit Strom. Und zwar gerne mit dem, der aus Atomen hergestellt wird, was eine Zukunft hat.

Eine lange Zukunft. Eine so unüberschaubar laaaaaaaaangeeeeeee Zukunft, im Vergleich dazu ist das Wort »Atommüllzwischenlager« richtig einsilbig.

2)

Wohin fährt man mit dem Auto?

Am Dorf fahren sie drei Schritte zum Bäcker, Semmeln holen.

In der Stadt fahren sie, Parkplatz suchen.

In den Urlaub fahren sie, im Stau stehen.

In den Urlaub fahren sie manchmal auch mit dem Flugzeug.

Und immer pufft hinten das raus, was so gar nicht nach Zukunft riecht.

3)

In dieser Gegenwart für alle arbeiten wir alle pausenlos an unserer eigenen superindividuellen Fotolovestory. Flirt ab für die Liebe.

Als Yasmin sich mit dem heißen Boy am Pool verabredet, scheint zunächst alles perfekt zu laufen. Zwischen den beiden hat es gefunkt. Gibt es ein schöneres Gefühl, als den Beziehungsstatus auf Urlaubsflirt zu stellen und einander in die sternenhimmeligen Augen zu schauen? Hand in Hand schlendern sie zum Strand und kommen dort so richtig in Fahrt. Die warmen Wellen umspülen die Füße der Küssenden, bis Yasmin kreischend aufspringt. Etwas Kaltes, Grausliges hat ihre Zehen berührt: Die Strömung hat zerfetztes, verdrecktes Plastik an den Strand gespült.

Ihr ist die Lust vergangen, aber egal, dort drüben hinter dem Hügel aus Nespresso-Kapseln geht eh schon fast wieder die Sonne auf. Als die beiden Hand in Hand Richtung Eat-as-much-as-you-can-Frühstücksbüffet spazieren, wo sie sich wieder das Essen auf die Teller laden, das sie auch daheim im Supermarkt kaufen würden, kommen ihnen ein paar Einheimische entgegen. Die reinigen morgens den Hotelstrand vom nachts angeschwemmten Plastikdreck.

4)

Nicht mal das Heißgetränk schmeckt. Das hier soll Kaffee sein? Hier wurde gepanscht. Hier wurde ein Grundgedanke veruntreut. Hier wurde die Idee von Kaffee um ein bisschen Bling-Bling erweitert. Hier wurde aus einer vernünftigen Sache mithilfe von Zucker, Milchschaumpulver, Wasser, der Vanille nicht unähnlichen Geschmacksstoffen, Ersatzcognac, mehr Zucker, Schokochips-Keksstreuseln und einer Strohhalmpipeline eine Struktur gebaut, die man wahrscheinlich aus dem Weltall sehen kann. Der Schaum erinnert an Flüsse in der Nähe von Chemieanlagen.

In meiner Fassungslosigkeit und in diesem Glas vor mir könnte Atlantis untergehen.

Und mit dem Reisen ist es gleich. Wir wollen ja unterwegs sein, wir wollen die Welt sehen, aber wir wollen sie durch unsere Augen sehen, wollen, dass wir die Welt verändern, nicht, dass uns die Welt verändert. Wir wollen unser fabelhaftes Ich von unserem fabelhaften Leben sich ausruhen lassen in einer Sache, die aussieht wie eine Barcadi-Werbung. Wir wollen unser Ich ohne Zukunft, wir wollen ewige Gegenwart und im Hintergrund wechselt die Fototapete.

5)

Aber vielleicht übertreibe ich auch.

Vielleicht ist es das Wetter vor dem Fenster, das mich so Plastik sehen lässt!

Vielleicht ist es mein Beruf als Reisepoetin, der die Wörter »Urlaub daheim«, »Sommerfrische« und »Salzkammergut« so zart auf meiner Zunge klingen lässt.

Ich hab in der Ferne zu meiner Heimat gefunden. Mir hat mein Erasmus-Jahr in London erklärt, was es heißt, katholisch geprägt worden zu sein. Ich hab in Griechenland erkannt, wie sehr ich die Mülltrennung in unserem Land liebe. Ich habe beim Schauen auf die Wolkenkratzer New Yorks herausgefunden, wie gern ich in Wien stundenlang bei zwei bis drei Heißgetränken im Kaffeehaus sitze.

Mein Vater, wirklich kein Freund des Islams oder was er darunter versteht, hat, bei einer Busfahrt im Iran, im Autoradio sang ein Muezzin irgendwas, das sich uns nicht so einfach erschloss, Frieden mit der Welt und seiner Rolle darin gemacht.

Meine Mutter liebt, wo sie lebt, doch erzählt mit strahlenden Augen von ihren Jahren als junge Frau in der Schweiz, sie wäre eine gute Schweizerin geworden, wenn man sie gelassen hätt'. So hat sie ein kleines Stück Schweiz (Bescheidenheit, Betriebsamkeit und Rezepte für Raclette) nach Österreich zurückgebracht …

In unseren Leben zählen die Schritte. Unsere Schuhe sind zum Walken gemacht, zum Gehen, zum Verlegen von Blick- und Standpunkten von A nach B.

Mit nach Hause nehmen wir Ideen und hoffentlich unseren Müll. Denn für das Reisen mit Zukunft entscheiden wir uns immer in der Gegenwart.

Anna Teufel

Toller Wagen

Früher, da wollte ich unbedingt ein Auto haben. Ein eigenes. Ein rotes, ein flaches, ein stromlinienförmiges, ein großes zum Möbeltransportieren, ein kleines zum Einparken, ein schmales zum Schlängeln und ein breites zum Angeben; ein schönes Auto sollte es sein, ein Auto mit einem eigenen Parkplatz, ein Auto mit Tiefgarage, ein Auto mit Klimaanlage, ein Auto mit Sitzheizung, ein Auto mit Getränkehalterung, dass ich meinen Kaffeebecher *aus Versehen* dort vergessen kann, und wenn ich jemandem meine Autotür öffne, kann ich sagen: *Oh Gott, es tut mir so leid, mein Auto ist so zugemüllt, ich bin so ein kleiner Dreckspatz, ich komm einfach nicht dazu, es aufzuräumen*, aber dann ist es MEIN Auto, das ich zumülle: MEINS! Ein Auto mit Benzinmotor, damit ich über die hohen Preise meckern kann; ein Auto wollte ich haben, ein Auto mit Schiebedach, damit meine Mitfahrer und Mitfahrerinnen während der Fahrt im Tunnel zu David Bowies »Heroes« aufstehen und ihren Kopf aus dem Schiebedach strecken und sich *so richtig frei* fühlen können; ein Auto für unbequemen Rücksitzsex, ein Auto mit Sylt-Aufkleber hinten drauf, damit alle denken, ich sei schon mal auf Sylt gewesen; ein Auto wollte ich haben, die Farbe war mir irgendwann scheißegal, ein Auto, ein fahrbarer Untersatz mit Lenkrad, ein Auto zum Fahren, ein Auto für mich, EINFACH NUR EIN AUTO, JA IST DENN DAS ZU VIEL VERLANGT!

Und dann hab ich angefangen zu rechnen.

Wenn ich ein Auto hätte, müsste ich jeden Tag einen Parkplatz suchen. Zweimal. Morgens, wenn ich zur Arbeit fahre, und abends, wenn ich nach Hause komme, Parkplatz suchen, irgendwie rückwärts, seitwärts einparken und hoffen, dass ich mich nicht vor allen FußgängerInnen restlos blamiere, *ja, die Frau, die kann nicht einparken, fuck you for judging me right!* Durchschnittlich dauert jede Parkplatzsuche 9 Minuten, ich hab das gegoogelt, 9 Minuten, das bedeutet 18 Minuten am Tag, 9 Stunden im Monat, 109 UND EINE HALBE STUNDE im Jahr!

Und der ganze CO_2-Ausstoß. Auch kacke.

ABER DIE PARKPLATZSUCHE! Anstatt jeden Tag 20 Minuten einen Parkplatz zu suchen, könnte ich ... das Auto auch einfach stehen lassen.

Nachdem mir das bewusst wurde, haben sich meine Präferenzen ein klein wenig geändert. Ich will zwar immer noch einen Wagen besitzen, aber einen ganz bestimmten.

Einen Bollerwagen.

Heute, da wünsch ich mir einen Bollerwagen. Einen eigenen. Einen roten, einen flachen, einen stromlinienförmigen, einen großen mit Geländer, damit man Zimmerpflanzen transportieren kann; ein schöner Bollerwagen soll es sein, mit Blümchenstickern und Glitzermuster und Fähnchen; einen Bollerwagen ohne Motor, WEIL ES NUR BOLLERWAGEN OHNE MOTOR GIBT, einen überdachten Zeltbollerwagen ZUM DRIN WOHNEN, einen extra für Vatertage hergerichteten Bierbollerwagen ZUM BRECHEN VON GENDERKLISCHEES, einen faltbaren Bollerwagen mit Gummireifen zum Mitnehmen, damit ich immer und überall einen Bollerwagen dabeihaben kann, WEIL MAN IMMER UND ÜBERALL EINEN BOLLERWAGEN GEBRAUCHEN KANN!

Du bist auf einer Berufsmesse und willst deine zigtausend Gratiskugelschreiber transportieren? BÄM! Bollerwagen! Du sitzt beim Urologen im Wartezimmer und langweilst dich? BÄM! Bollerwagen. Jedes Wartezimmer wird einfach so viel schöner mit Bollerwagen. Neben dir fällt ein hotter Boy von seinem Rennrad? BÄM! Du fängst ihn auf mit deinem Bollerwagen! (Okay, ich weiß, das ist ein bisschen unwahrscheinlich: Es gibt keine hotten Boys auf Rennrädern.)

Du sitzt beim Urologen im Wartezimmer und langweilst dich? BÄM! Bollerwagen. Jedes Wartezimmer wird einfach so viel schöner mit Bollerwagen. Ich will einen Bollerwagen! Einen Bollerwagen mit Kindersitzen drin, als Investition für die Zukunft, einen Designerbollerwagen aus mintfarbenem Buchenholz, einen schwarzen, einen bunten, ES GIBT SO VIEL AUSWAHL! Ich will ein Musikvideo drehen, in dem ich mit Goldkette und haarigen Beinen in meinem Bollerwagen sitze, während lauter hotte Rennradfahrer zu »They see me rollin', they hatin'« vor mir herumtwerkend ihre Bikerbodys mit Bier einreiben. Ich drehe einen Kinofilm mit meinem Bollerwagen, *Mittelschnell and the Furious* oder ein Crossover aus *Transformers* und *Herr der Ringe II*, in dem sich mein Bollerwagen in einen rennenden Baum verwandelt und gegen einen größenwahnsinnigen alten weißen Mann in einem Turm kämpft; ich schnapp mir David Hasselhoff und drehe ein Remake von *Knight Rider* mit einem sprechenden Bollerwagen, Leonardo DiCaprio spart Geld, weil er auf Drogen nur einen Bollerwagen kaputt fährt, Verfolgungsjagden werden im Allgemeinen viel entspannter, Bollerwagen für die Entschleunigung, für den Genuss, für die Beinarbeit, für den Frieden!

Denn ich sach ja immer: Ein Bollerwagen ist ein toller Wagen.

Bollerwagen statt Roller fahren! Im Gegensatz zu diesen kackigen E-Scootern verschönern Bollerwagen das Stadtbild! Ein Bollerwagen kostet weniger als 0,2 Prozent eines Porsche-SUV und die Parkplatzsuche mit Bollerwagen dauert maximal eine Minute. Lasst uns Bollerwagen kaufen, *make Bollerwagen great again*, lasst uns mit Bollerwagen fahren, laufen, rennen, joggen, einkaufen gehen; lasst uns auf Fahrraddemos mit Bollerwagen fahren, und wenn wir vom Radl fallen, dann fangen wir uns gegenseitig mit unseren Bollerwagen auf, wir retten uns gegenseitig und gleichzeitig auch ein bisschen die Welt.

Video

5. Kapitel

SPRACHE

Dafni Tokas

Zungenblatt

ohrenzitternd rollt, mehrt
es und die Laute spucken,
saugt es den mineralen Boden,
funken, flunkern in die kleine
Gusche, wo wir schriften das
Sprechen zu gesetzten Versionen
ohne Sub, zu dem vagstummen
Geräusch ohne Klang
öffnen riesig sich die Mäuler
how dare you, sagt sie, dare you
ein müdes Pflänzchen, sagen sie
und die pressen, drucken, stellen
sich in die Parlamente und
wieder sagen sie nichts, sagen
nichts dem Sonntagsblatt, der Tagesschau,
wie müde senkt
die geschürzte Lippe
sich politisch
zu Tode.

Xenia Stein

Ich kann euch nicht helfen

Schiebetüren öffnen sich. Schließen sich wieder.

Wir befinden uns in einer gigantischen U-Bahn. Alle Plätze sind besetzt. Es ist furchtbar heiß.

Der Lärm der klappernden, alten Wagen ist so laut, dass wir uns nicht unterhalten können.

Auf der Rückseite der miefenden Plastiksitze steht: »Liebe deinen Nächsten!« Und im Kleingedruckten: »Nächster (m, w, d) bezeichnet die Person, die Ihren Platz einnimmt, wenn Sie ihn verlassen haben.«

Über einem der blinden Fenster hängt ein Schild: »2 Milliarden Sitzplätze, 5 Milliarden Stehplätze.« Wenn ich meinen Blick schweifen lasse, schätze ich, dass etwa 10 Milliarden Menschen in der Bahn sind.

Die Bahn fährt weiter. An jedem Halt steigen mehr Menschen zu. Kaum jemand steigt freiwillig aus.

Einige legen ihre Füße auf den Sitz gegenüber oder stellen ihre prall gefüllte Tasche auf den Platz neben sich. Sie sagen, dass sie zuerst da waren. Wenn sie dann doch einmal aussteigen müssen, nehmen sie sich immer einige Schrauben oder eine Halteschlaufe aus dem Wagen als Souvenir mit. Es darf sich dann niemand anderes setzen, bis ein ausgewählter Bekannter oder Verwandter kommt und den Platz einnimmt. »Sitzplatzreservierung« nennen sie das und finden sich sehr gerecht. Diese Leute lieben ihre Nächsten sehr.

Die, die nicht zur rechten Zeit vor Ort waren, quetschen sich bei den Türen zusammen und oft fällt einer von ihnen raus. Hin und wieder werden sie auch geschubst von denen, die in den Gängen stehen. Die Sitzenden haben ihnen gesagt, dass das legitim ist, denn die Leute, die an den Türen stehen, sind eine Gefahr für alle. »Sie nehmen euch die Luft weg«, sagen sie. »Sie zerquetschen eure Freunde.« Und wenn einer der Stehenden einen Sitzenden einmal fragt, warum auf so vielen Sitzplätzen nur Taschen oder Füße liegen, dann sagen sie: »Das hier ist nun mal unser Platz. Wir können euch nicht helfen.«

Die Bahn fährt immer schneller, immer schneller, immer schneller ...

Aber wohin fährt diese Bahn?

Das ist eine rhetorische Frage. Denn ihr wisst längst, dass diese Bahn die Erde ist. Dass wir uns von allem zu viel genommen haben und immer noch nehmen. Ihr wisst, wer die Sitzenden und wer die Stehenden sind. Ihr wisst ganz genau, wo die Bahn hinfährt. Ihr wisst, dass sie langsam auseinanderfällt.

Und jetzt soll ich euch verraten, wo die Notbremse ist? Euch erklären, wie man sie zieht? Und vielleicht auch noch, warum?

Ich verpacke euch das, was ihr längst wisst, in eine schöne Metapher. Schon bevor ihr angefangen hattet zu lesen, wusstet ihr, was ich sagen würde. Die Frage war nur, wie kunstvoll ich es formuliere. Möglichst so, dass der geneigte Leser sich auf die Schulter klopfen kann, weil er schlau genug war, die Parallelen zu begreifen.

Ich mache euch ein schlechtes Gewissen, aber nur so schlecht, dass es sich mit dem guten Gewissen wegwaschen lässt, das ihr heute bekommt. Dadurch, dass ihr mir zuhört. Dass ihr ein Buch wie dieses lest.

So viel Selbstkasteiung ist schließlich genug gute Tat für einen Tag.

Doch heute werde ich euch das gute Gewissen verweigern. Ich sage euch ins Gesicht, dass es sinnlos ist, dieses Buch zu lesen. Für euch wie für mich. Wir alle hätten unser Wissen und unsere knapper werdende Zeit sinnvoller nutzen können. Wir hätten Taten folgen lassen können. Stattdessen erzähle ich euch Dinge, die wir alle schon wissen. Während anderswo Meeresspiegel steigen – Seen verlanden. Menschen ertrinken – Menschen verdursten. Tiere verenden – Kinder das Elend der Welt erblicken.

Keine Metapher.

Ihr wollt wissen, wo die Notbremse ist? Sicher nicht in diesem Buch.

Das hier ist nun mal mein Platz. Ich kann euch nicht helfen.

Audio

Holger Rohlfs

Drei (fast) wahre Geschichten

Neulich Nacht vor meiner Haustür war auf der Straße was los. Erst hörte ich Lärm, dann Schreie.

Ich lief raus und sah einen Typ, der mit einer Brechstange wütend auf einen alten, rostigen BMW einschlug.

Hautfarbe, Herkunft und Parteizugehörigkeit konnte ich in der Dunkelheit nicht erkennen. Dennoch rannte ich sofort hin.

Dann der Schock: In der Eile hatte ich tatsächlich mein Handy im Haus vergessen. Wie sollte ich so meiner Bürgerpflicht nachkommen und diese Szene öffentlichen Interesses live auf Facebook streamen?

Ein Blick zum Haus gegenüber zeigte: Der Nachbar war zum Glück nicht so nachlässig. Er filmte die Szene von seinem Wohnzimmer im dritten Stock. Mit Stativ und Teleobjektiv, während der Typ das Auto malträtierte.

»Was soll denn das werden, du Schrumpfhirn!«, begann ich meine Kontaktaufnahme. Der Kerl schaute zu mir rüber.

»Du kannst doch deine fehlende Sozialentwicklung nicht kompensieren, indem du das Auto demolierst, du soziopathischer Vollhorst!«

Der Mann richtete sich auf. Er war erstaunlich groß und breitschultrig, wie ich feststellen musste. Langsam kam er auf mich zu.

Er baute sich vor mir auf wie ein IKEA-Wandschrank. Dabei wirkte er deutlich stabiler. Ganz sicher konnte ich ihm mit einem Imbusschlüssel nichts anhaben, und dann war da ja auch noch diese Brechstange.

Der Hüne spannte die Muskeln an. Gefährlich brummte er: »Du ... du hast recht! Da habe ich mich bei der Beurteilung meiner Handlungsoptionen falsch entschieden. Die von mir gewählte Strategie zur Konfliktbewältigung ist überhaupt nicht zielführend. Vielen Dank, dass du mich darauf aufmerksam machst. Ab sofort werde ich mich ändern.«

Ein Teil dieser Geschichte entspricht nicht ganz der Wahrheit.

Cut

Hannes ist Poetry-Slammer und wütend. Zornig muss er zusehen, wie die AfD sich im Bundestag aufführt. Noch in der gleichen Nacht schreibt Hannes einen neuen Text. Der Text wird ein voller Erfolg – und er ist laut ...

Mit dem Text tritt Hannes im *Lido* auf, beim Kreuzberg Slam. Dort schreit Hannes seinen Zorn von der Bühne gegen die scheiß AfD und ihre asozialen rechten Wähler, gegen ihren Egoismus, ihren Hass und ihre Engstirnigkeit.

Im Publikum jedoch sitzt heute ... die versammelte AfD-Bundestagsfraktion. Die treffen sich jedes halbe Jahr und besuchen zusammen einen Poetry Slam. Schon während Hannes' Vortrag wird es unruhig. Die AfD-Mitglieder tuscheln miteinander und noch bevor der Text zu Ende ist, ruft einer von ihnen laut auf: »Unglaublich, das gibt's doch nicht! Leute, der Hannes hat recht! Wie konnten wir nur so vom rechten Weg abkommen?«

(Wahrscheinlich meinte er »vom richtigen Weg abkommen«.)

Noch am selben Abend tritt die Fraktion gesammelt aus ihrer Partei aus. Sie schließt sich mit den anderen Oppositionsparteien zusammen und es entsteht das Links-Alternative Freie Grünbündnis für Deutschland. Gemeinsam kämpfen sie für

Asylgesetze, die diesen Namen verdienen, für höhere Vermögens- und Kapitalertragssteuer sowie für ein bedingungsloses Grundeinkommen auch für Geflüchtete.

Ein Teil dieser Geschichte entspricht nicht ganz der Wahrheit.

Cut

Die kleine Anna schaut ein Video. Ganz besonders mag sie die Tiervideos mit den schönen Bildern. Ihre Mama nennt diese »Dokutationen« oder so ähnlich. Die Dokutation heute handelt von Meeresschildkröten – was für schöne Tiere. Der einen Schildkröte geht es nicht gut. Ihr steckt etwas in der Nase – ein Plastikstrohhalm. Da fallen mir einige Kalauer ein über Koks schnupfende Reptilien. Doch Anna ist verstört. Offensichtlich hat die Schildkröte Schmerzen.

»Mama, was ist da passiert?«, fragt Anna traurig.

»Weißt du, Anna«, erklärt ihre Mutter, »die Menschen schmeißen viel Plastik weg. Große Mengen davon landen letztlich im Meer. Die Tiere dort verletzen sich an dem Plastik oder sie verwechseln es mit Futter. Viele Tiere sterben sogar.«

»Der Strohhalm in der Schildkröte«, überlegt Anna. »Genau solche steckt unsere Lieblingspizzeria immer in mein Trinken.«

Am nächsten Tag schreibt Anna einen Brief an ihre Pizzeria. Darin schreibt sie, wie gerne sie Pizza isst, aber dass sie nicht möchte, dass dadurch Tiere krank werden, und die Pizzeria soll doch bitte aufhören, Plastikstrohhalme in Getränke zu stecken.

Der Inhaber der Pizzeria ist gerührt und fortan gibt es in Annas Lieblingspizzeria keine Plastikstrohhalme mehr.

Ein Teil dieser Geschichte entspricht nicht ganz der Wahrheit.

Denn tatsächlich heißt das Mädchen nicht Anna, sondern Ava. Ava ist 5 Jahre alt und lebt in London. Die Pizzeria ist der *Pizza-Express. Pizza-Express* hat 600 Restaurants in 14 Ländern und beschäftigt 14.000 Mitarbeiter. Aufgrund von Avas Brief wurden 2018 die Plastikstrohhalme in allen *Pizza-Express*-Restaurants abgeschafft.

Epilog

Viele Menschen sind häufig traurig oder wütend. Hannes schreit seine Wut von Bühnen herab. Ihr alle kennt die Posts und Kommentare, mit denen viele ihrem Zorn auf Facebook Luft machen und ja, einige hauen im Zorn auch schon mal ein Auto zu Schrott.

Ava darf noch nicht auf Bühnen, sie hat keinen Facebook-Account und eine größere Brechstange kann sie vermutlich noch nicht mal alleine vom Boden aufheben.

Stattdessen hat Ava einen liebevollen Brief geschrieben und so die Welt ein kleines bisschen besser gemacht.

Seid ihr auch manchmal traurig, zornig, wütend? Wenn es wieder einmal so weit ist, was werdet ihr dann tun?

Audio

Anja Utler

Rechnungslegung. Wie aus dem schweren Traum

Bilde zehn korrekte deutsche Sätze, wobei (D) für in Deutschland stehe:

500.000	Mrd. US $	Lebewesen	können	jährlich (D)	bezifferbar.
95-98	Mio. t.	1 Korallenbank	wird	täglich	verdorrt sein.
30	m^2	der Erde	kommen	jährlich	Teile Plastik.
Der Verlust	Arten	essbare Vögel	werden	nicht	getötet.
0,71	Stück	Feuchtgebieten	durch Insekten	mittlerweile 60	um.
7,7	%	Plankton	sterben	minütlich (D)	zerstört.
130	durch den Verlust von	Schlachtvieh	werden	bei 1 Netzkontakt	beziffert.
Mit 190	ha	Wald	weltweit ist	jährlich (D)	lebendig gekocht.
625	Teil	ist die Bestäubung	kommen	bis 2100	zu Stein gemacht.
Auf 1	%	Welt	werden	alle 2 Sekunden	aus.

Laurin Buser

Ein cooler Text über Naturschutz

Ich lege den Stift zur Seite,
weil es nichts zu sagen gibt
in Zeiten der Verleitung als Tagedieb.
Ich lese Zeitung und werde aggressiv,
denn ich sehe nur Verbreitung vom Sand ins Sieb
und verstehe, das Beneiden ist plakativ
so wie die dauernde Vertreibung von Fantasie.

Letztens sah ich im Kino einen Trailer:

In einer Zeit, in der Geschwindigkeit und Tempo großgeschrieben werden,

(Ticken, Autorasen) steht eines Tages alles still ...

(Implosion – Stille)

»Mr. President, wir haben ein Problem.«

(Explosion)

»Die Erde dreht nicht mehr!«

»Was soll das heißen?«

»Was das heißen soll? Das heißt: Wenn wir nichts unternehmen, ist hier bald die Hölle los!«

»Was schlagen Sie vor?«

»Es gibt nur eine Möglichkeit.«

Wenn die ganze Menschheit nur noch einen kleinen Schimmer Hoffnung hat ...

(swusch)

»Wir können durch eine Mischung von Flüssig-Uran und Ethin in einem Antimateriedruckbehälter eine phreatomagmatische Eruption erzeugen, welche durch ihre massivmagnetische Stoßkraft die Erde in Bewegung bringen könnte.«

»Wie teuer ist dieses Vorhaben?«

»Spielt das denn eine Rolle, Sir?«

Hitze da, Kälte dort. Chaos, Angst. Die Lösung wäre nah. Aber:

»Sir, Sie verlangen von uns ernsthaft, das ganze Bruttoinlandsprodukt für die eventuelle Rettung der Welt zu investieren? Und was geschieht, wenn das klappt? Dann haben wir überlebt – aber keine Wirtschaft, gar nichts mehr. Oh ja, vielen Dank!«

»DER TOTALSTILLSTAND«, jetzt, bei Netflix und movie4k (Achtung, Streaming ist schlecht für deine CO2-Bilanz).

»Also den Film schau ich mir nich' an, vollkommen unrealistische Actionscheiße. Nix gegen Action, Tarantino, *Matrix*, krasser Scheiß, aber diese Handlung: Erde still, man *könnte* sie retten, aber das *Geld* fehlt. Diggie, das ist realitätsfremd. Come on!«

Wozu ins Kino geh'n, wenn da draußen genau das passiert?

Hm?

Die Natur. Im Wald, allein, kein Mensch weit und breit, die Sonne wärmt, die Tannennadeln liegen, alles in Frieden, Vögel und Bienen, das Rauschen des Windes in den Ästen.

Die Stadt. In den Gassen, allein, kein Mensch weit und breit, voller Mondschein, die Scherben liegen, alles in Frieden, Fahrräder und Flugzeuge, das Rauschen der Autobahn in der Ferne.

Und alles ist so verschieden und alles so verwandt. Während die Wildsau schreit in der Ferne, johlen Betrunkene hinten um die Ecke.

»Naturschutz? Naturschutz? Soll ich dir sagen, was heute Naturschutz ist? Das ist eine primitive Gewissensbereinigung für Staat und Politiker und die verfolgen im Endeffekt genau dieselben Ziele wie jeder scheiß Ölkonzern. Die treffen sich aus aller Welt, fliegen an mit ihren kleinen, süßen Privatjets, fahren dann als Ausgleich mit dem E-Scooter bei riesigen Galen (oder Galas) vor, um über den Naturschutz zu sprechen. Zu sprechen. Wow, sie sprechen! Und dann wird fett Mais und Soja angebaut, der von Motoren gegessen wird. Das heißt es heute, ein Grüner zu sein.«

Sagt er und spült mit Cola Zero einen Bissen Big Mac runter.

Wir sind komplett orientierungslos geworden. Wir wissen zwar, es gibt was zu tun, aber *wir*? Da, da drüben sind noch krasser Sündigende:

»Es ist bewiesen, dass die Klimaerwärmung auch ohne den Menschen ...« Blabla.

»Es ist bewiesen, dass der Atomausstieg ein unrealistisches Ziel ...« Blabla.

»Es ist bewiesen, dass ohne die Schlachtung eine zu hohe Anzahl an Tieren ...« Blabla.

Das sind Arschlöcher, das ist der Gegner.

Aber Sätze wie:

»Also alleine kannst du die Welt ja auch nicht retten. Süüüß.«

»Ja, du darfst ja auch noch träumen, du. Süüüß.«

»Also ich will doch nicht ins zivilisatorische Mittelalter zurück.«

Das sind nicht Arschlöcher. Das sind unsere Freundinnen und Freunde, das sind wir.

Wir haben so Angst vor Revolutionsromantik, dass wir stagnieren und uns, wie wir sagen, der Natur hingeben.

Ich bin überreizt.

Da steht ein Typ vor mir: in China produzierte Hosen, gebleicht und gefärbt, ein Shirt mit Stoff aus Indien, genäht in Taiwan, Aufdruck aus Dänemark, gekauft bei einer Urlaubsreise in Israel, bisschen teurer, als der Flug dahin war, eine Mütze aus Costa Rica, Socken aus Pakistan, Unterhosen aus Schweden, Schuhe aus ... Leder.

Und ich brüll diesen Penner an und schrei:

»Alter! Du vergewaltigst Mutter Natur, du bist der größte Motherfucker auf Erden.

Dein ökologischer Fußabdruck ist rein das Letzte
und verdient meinen logischen Faustabdruck in deiner Fresse.«

Und ich schlug ihn. Und der Spiegel zerbrach.

Ich lege den Stift zur Seite,
weil es nichts zu sagen gibt
in Zeiten der Verleitung als Tagedieb.
Ich lese Zeitung und werde aggressiv,
denn ich sehe nur Verbreitung vom Sand ins Sieb
und verstehe, das Beneiden ist plakativ
so wie die dauernde Vertreibung von Fantasie.
Ich lege den Stift zur Seite.

Video

Marcus Roloff

sechzehnter elfter

die leute stehn schlange
schnee im november
gefieder in lüften wie eng
wie fremd ich mich einpasse
in den schockgefrornen moment
breaking news rom paris brüssel
und ich so kann sein wir gehn hoch
dort treffen wir uns
mit allem was wir nicht
sein konnten mit uns dem
vergoren in geschichte
versponnenen in sich zusammen-
gefalteten rest der gekettet
an den quatsch einer
bodenlosen zukunft in spe
also die von sieben uhr
dreizehn heute die leute
an bahnsteig vier
in mir hüpft ein rhythmus
wenn es das gibt eine art tier
das nicht zutraulich ist
nachtaktiv kauernd und mit
strahlenden augen um
sieben uhr dreizehn ein moment
im november der mindestens

acht wochen alte jedes jahr
wird er länger beginnt
etwa anfang mai und geht
bis zweitausendzweiundfünfzig
ausfahrt aus dem dunkel des
bahnhofs in das dunkel der gegend
in die nebel um hanau

Audio

Luisa Maria Schulz

Wenig Winter

sólo deseo no tener nada con nada
Alejandra Pizarnik

Also auch der Winter ist ein windiger Typ geworden Der müde lächelt und wegen Erkältung das Treffen absagt Sträucher mit Struwwelpeter-Fingernägeln, die es nicht schaffen, die Luft zu zerkratzen Böen, die davon wehklagen, nicht dazuzugehören Scharen von Raben, die gerne etwas gravieren würden Und der Boden: Darf ich es noch sagen, in dieser gemäßigten Zeit, wie sehr ich mich verdammt nochmal sehne zu gefrieren? Augenringe der Nymphen, die keine Ruhe finden zwischen den Rümpfen von Steinen, die durch Pfützen waten Ohne den Schwitzgriff der Misteln Monate wie Folgefehler (ja, auch ich habe manchmal vielleicht zu lange geträumt) oder eine Stille, die nur die Hoffnung nicht brechen will Denk Wie lange das Harz auf dem Blatt gelegen hat in der feuchten Erde Aber so schwer, diese matten Farben zu tragen

Laura Klegräfe

Alles, was ich bin, ist secondhand

Wie kann ich meinen Fußabdruck kleiner machen?

Kleider machen Leute. Secondhand. Hände schütteln.

Alles, was ich bin, ist secondhand. Ich bin Marktlücke, Einzelstück, alt, aber nicht verbraucht. Meine Erzeuger haben auch zwei Anläufe gebraucht. Ich sehe gut aus, ich rieche nur verraucht vor Wut.

Selbst wenn ihr mich bestellt, ist es nicht gut bestellt um euren Anstand. Handstand geht, aber Händeschütteln ist zu kompliziert.

Wohin das führt, ist klar, die ganzen Reifen am Arm, damit dich niemand (an)greifen kann. Ich kann das nicht begreifen.

Was bringt dir denn das Einzelstück, wenn es auch dich nur einzeln gibt? Kein warmer Blick, ein Portemonnaie! Das tut mir weh.

Wie kann ich meinen Fußabdruck kleiner machen?

Kleider machen nicht das ganze Leid aus.

Sieht dein Einkaufszettel heute klein aus?

Meiner ist es allemal und regional, saisonal. Alle mal: Regional, saisonal!

Mir ist schon klar, dass das nicht mit allem geht. Du kannst Zitronen, Melonen und Kakaobohnen nicht regional konsumieren. Aber Honorieren geht (Fair Trade). Aber Reduzieren geht (selfmade).

Du musst ja nicht die giftigsten Melonen kaufen und in

Kauf nehmen, dass die Menschen, die sie anbauen, daran abbauen. Und vielleicht muss dein Zitronenpulver für den Kuchen nicht aus einem Plastikflacon kommen. Ich jedenfalls kann mit meinen Händen noch Zitronen schneiden.

Wie kann ich meinen Fußabdruck kleiner machen?

Den Konsum auszulachen, reicht nicht. First of all: alles Allumfassende mit beiden Händen umfassen und erst mal in die Tonne treten. Du kannst heute nicht die ganze Welt bewegen.

Du kannst dir aber selbst mal an die Füße fassen.

Du kannst das Hassen üben und Leute anschreien, zu Hause bleiben und alleine weinen. Du kannst aber auch den großen Schritt wagen, im Kleinen anzufangen. Ich mache das seit Langem und es geht mir gut damit.

Wenn du magst, nehm ich dich mit.

Luca Swieter

Klimawandeltext

Ich bin eine Frau der Taten. Wenn wir uns alle an einen runden Tisch setzen, um über Klimawandel zu reden oder einen Text darüber zu schreiben, da wird nicht lang überlegt. Da wird direkt die Mindmap-Maschine angeschmissen. Da wird nicht groß selektiert. Da wird gefälligst alles ungefiltert auf das Flipchart geballert. Wir brauchen keine Struktur. Wir brauchen keine Methodik.

Wir brauchen Lösungen.

Und die müssen auch nicht konventionell sein. So. Und das ist mir dazu eingefallen:

Was sich in den letzten Jahren herausgestellt hat, ist ja, dass den Leuten Wissenschaft und Fakten absolut egal sind. Deswegen braucht es zur Abwendung des Klimawandels vielleicht unübliche Mittel.

Punkt eins: Wir müssen Anreize schaffen. Wie halten wir Vielflieger im Zaum? Richtig. Marihuana legalisieren. Wer hat schon Bock, einen Flug zu buchen, wenn man sein Gesicht auch in eine Chipstüte stecken kann.

Punkt zwei: Das Element der Nostalgie. Rückbesinnung auf vergangene Zeiten, als es Strom einfach noch nicht gab. Ich denke da an Fackeln an den Wänden, für die Mittelalterromantik. In Großstädten kann man doch eigentlich alles verkaufen, das Einzige, was es braucht, ist das Wort »Design«.

Wasser sparen kann man auch an allen Ecken und Enden. Ganz recht, ich spreche von weniger duschen, das predige ich schon seit Jahren, aber auf mich hört ja keiner.

Punkt drei: In der Coronakrise kam die Frage auf, warum die Regierung jetzt viel schneller und drastischer Maßnahmen einleitet als im Falle des Klimawandels. Psycholog*innen erklärten, dass Menschen weitaus weniger bereit sind, ihr Verhalten zu verändern, wenn ihnen das Problem zeitlich und örtlich weit entfernt erscheint. Deswegen: Den Klimawandel hier in Deutschland akuter machen.

Scheint ja nicht zu fruchten, dass man merklich weniger Insekten und Vögel in der Natur sieht. Nee, wir müssen mal bei den Schmidts nebenan ordentlich das Wohnzimmer fluten. Die mal 'nen Tag in der Sauna einsperren. Den Husky verhungern lassen. So was hilft.

Punkt vier: Wir haben gemerkt, dass niemand so richtig bereit ist, in klimaschützende Maßnahmen zu investieren, aber das heißt ja nicht, dass man nicht trotzdem was bewegen kann. Ich kann mir kein Elektroauto leisten, aber wie wär' das? Ich setze mich in ein Auto und ihr schiebt.

Das waren jetzt schon eine Menge guter Ideen, aber ich habe irgendwie das Gefühl, dass das nicht ganz ausreicht, denn wir sprachen noch nicht von ... Punkt fünf: Recycling! Das ist das neue Ding!

Schaut mein YouTube-Video an, da erzähl ich euch, wie ihr mithilfe eines einfachen Schnitzmessers aus einem SUV einen Kerzenständer macht. Und noch ein heißer Tipp: Schickt eure gebrauchten Coffee-to-go-Becher doch an Lady Gaga, ich bin sicher, irgendwer wird ihr daraus ein ganz extraordinäres Kleid für den roten Teppich machen.

Nein, ich habe wirklich sämtliche Medien durchforstet und an so was hat tatsächlich noch niemand gedacht und ich finde, das ist eine Schande.

Apropos Schande:

Als ich elf Jahre alt war, gab es in unserem Dorf das Vorhaben, eine große Waldfläche abzuholzen, um darauf einen gigantischen Park voller Ferienwohnungen zu bauen. Mein erster Gedanke war: »Wer will hier Urlaub machen? Ich will hier nicht mal wohnen!« Von meiner Mutter hatte ich erfahren, dass dieser Wald eine gefährdete Fledermausart beherberge, und während sie durch die Küche lief, sich aufregte und einen »Atomkraft? Nein danke«-Sticker auf unseren Kühlschrank pappte, dachte ich bei mir: Warum sollte jemand eine Fledermausart ausrotten wollen – wegen eines Ferienparks? Die Rechnung ging für mich nicht auf.

Heute stelle ich mir vor, dass jemand mit einer riesigen Keule, auf der »Kapitalismus« prangt, in diesem Moment hinter mir stand, gerade volles Rohr ausholen wollte, sich dann aber dachte: »Sie wird es schon noch merken.«

Ich merkte es am nächsten Tag, als ich ein Blatt aus meinem Rechenblock riss, um jedem, dem ich auf dem Schulflur begegnete, eine Unterschrift abzuschwatzen, »Für die Fledermäuse!«.

Der amtierende Schülersprecher lobte meine Aktion und nahm mich mit zum Lehrerzimmer, um sie dem Kollegium vorzustellen. Unglücklicherweise war der Erste, auf den wir trafen, zufällig Mitglied der örtlichen CDU. Und was ist passiert? Er hat es mir verboten. Ich durfte keine weiteren Unterschriften mehr sammeln. Ich erinnere mich nicht mehr daran, womit er es begründet hatte, aber eins ist klar, er kriegt von mir kein Sternchen für seine Demokratie-Hausaufgaben.

Manchmal denke ich mir die Erde als eine Mutter. Mutter Natur halt. Mutter Erde. Und wir Menschen stecken in einer wirklich langen, langen Pubertät. Dabei sollten wir ihr dankbar sein. Sie gab uns Knoblauch und Katzen. Aber die Menschheit ist halt ein fauler Teenager, der den ganzen Tag auf dem Sofa sitzt, Bong raucht und in Flaschen pisst.

Und hin und wieder kommt die Mutter Erde rein und sagt so was wie: »Heeey, sorry … aber könntest du vielleicht nicht die Zigaretten auf dem Teppich ausdrücken … Okay, zu spät. Also hör mal, dein kleiner Bruder hat mir erzählt, dass du ihm drei Cent dafür gegeben hast, damit er deine Zehennägel mit 'nem Q-Tip reinigt, ähm … findest du das fair? … Ist dir egal. Ja gut. … Hey, lässt du den Hund bitte in Ruhe, der braucht die Zähne. Ach, damit kann man auf Ebay-Kleinanzeigen voll viel Kohle machen …? Hm, soso.«

Die Frage ist: Wie schreibt man einen Slamtext über den Klimawandel?

Methode 1: Ich fasse die Fakten zusammen, präsentiere die Lösungsansätze und nutze die Bühne vermutlich auf die bestmögliche Weise.

Methode 2: Ich erzähle ausschweifend von meinem zweiwöchigen Zero-Waste-Workshop auf Norderney, von meiner Gurkenzucht auf dem Balkon und shame jeden, der auf der Straße eine Plastiktüte mit sich führt. Wenn ich mir bis dahin aber keinen dicken Stock über die Rübe gezogen und mir gesagt hätte: »Alder, das ist absolut nicht zielführend und überhaupt, check mal deine Privilegien, du Otto«, dann hoffe ich, dass ihr das bis dahin übernommen habt.

Methode 3: Ich mache das, was ich am besten kann. Unfug reden, wirre Sinnbilder erstellen, Anekdoten erzählen und versuchen, das Thema irgendwie zu verknüpfen. Ich weiß nicht, ob mir das gelungen ist, aber vielleicht ist es auch nicht so wichtig, mit welchen Mitteln man einen Slamtext über den Klimawandel schreibt. Auf einer Bühne darüber zu reden, ist ja auch ein bisschen Demo von fern oder wie ein sehr, sehr großes Pappschild hochzuhalten, das niemand Bock hat sich komplett durchzulesen. Aber damit weise ich auch mich selbst an, den Kopf aus der Chipstüte zu nehmen, das Thema präsent zu halten, vor den Bundestag zu kacken, metaphorisch natürlich, obwohl ... Und damit ist es zeitlich und örtlich ganz nah.

Samuel J. Kramer

Vögel

Und gleich dem Adler, der in die Flammen stürzte
um die sich die Hirten des Abends geschart hatten
einen Funkenflug von Federn, Flammen und Geschrei
verursachend, sodass die Hirten dachten, ein Engel
im brennenden Kleid, mit infernalischem Heiligenschein
sei in ihre Mitte getreten und verkünde das Heil
einer kreischenden Gottheit
so liegt der Anfang jedes Gedichtes verschwommen
hinter Bewusstwerdungsvorgängen grell wie die Morgensonne
brennend verborgen und keine Analyse der Asche wird zeigen
kein Stochern in glühenden Resten beweisen
wer aus den Flammen zu uns sprach

Wir hören nur, was wir zu hören belieben
Ich habe ein Gedicht über Vögel geschrieben

Und gleich dem Kaiserpinguin
des' Schnabel nie durch Schale stieß
der nie sein weißes Ei verließ
der nie das weite Eis bestieg
weil von seiner Kolonie
von seiner Eltern Brutgebiet
kein Zentimeter übrig blieb
das ganze eisbedeckte Land wie über Nacht verschwand
versank, vielleicht mit einem Knacks

so liegt ein Teil der Zukunft vor uns
gleich dem Spatz, der eine ganze weiße Scheibe Toastbrot
mit sich über den Hof zog
habe ich mich damit übernommen
über die Macht, die wir in die Hände bekommen
haben zu schreiben
Ich will nicht mit der Feder auf andere zeigen
aber wir können hier oben nicht viel länger bleiben
Wir sprechen von Auslöschung, wo wir Unsterblichkeit meinen

Denn wir alle rupfen die Wahrheit
und halten in Händen entzückt
die Daunen, die wir ihr dabei
entrissen, wie man Himbeeren pflückt
Die stopfen wir dann in ein Kissen
für den Nacken, auf dem Flug über Nacht
und schlafen so fest auf dem Wissen
dass nichts einen Unterschied macht
Doch all die geschredderten Küken
deren Tod nie einen Namen bekam
fliegen uns irgendwann um die Ohren
und das ist weder Rache noch Scham
gleich den Zugvögeln, die wir in Scharen
zerfetzen in Flugzeugturbinen
bis unsere Flügel uns nicht mehr tragen
bis zum Absturz, den wir verdienen

Ich glaube, wir haben an Höhe verloren
Ich habe ein Gedicht von den Vögeln gestohlen

Und gleich der Schlankschnabelgrackel
dem Ohrbüschelmoho, gleich dem Tawi-Tawi-Laufhühnchen
von Tawi-Tawi und Holo, gleich dem Dodo

wird die Erde den Geschmack unserer Füße vergessen
werden wir nichts als Verwirrung und -wüstung hinterlassen
wenn wir zu fliegen aufhören
weil wir glaubten, fliegen zu können
Kindern auf einer Wippe gleich, jenseits der Kippe
leicht jenseits auch unsres Zenits

Wir leben im Zeitalter der versäumten To-Dos
im Jahr des Perdue-Wunderhuhns
am Tage des tot gesagten Phönix, im Moment der
drrrrrrring!
gellenden Eieruhr – keine Angst
wir sind jetzt fast durch

Wir stehen auf Millionen und Abermillionen
Plastikbadeenten, die gelbe, schwimmende Inseln bilden
auf dem Ozean von I-don't-give-a-duck
Wir stehen, von Lava umströmt, auf den Felsen
des Schicksalsbergs und die rettenden Adler
stürzen ins Feuer
Wir stehen, den metallenen Wetterhahn schwingend
auf Kirchturmes Spitzen und wurden anscheinend
noch nicht von ausreichend Blitzen getroffen
Wir hoffen auf den Spontanausfall des Gewitters
sind Spötter der Gnade beleidigter Götter
Wir haben unsere Nester in Brand gesetzt
und schreien gen Erde:
Was tust du jetzt

Ich habe ein Gedicht über Vögel
ganz ohne Federn verfasst
Der Mensch ist der komischste Vogel
und er sitzt auf einem sehr dünnen Ast

Ihr habt dies Gedicht schon aus vielen
aus so vielen Schnäbeln gehört
Ich hoffe, es hat euch auch diesmal
ein bisschen beim Sägen gestört

Denn mit den Vögeln, die aus unseren Welten verschwinden
gleich den Federn, die wir immer seltener finden
gleich dem Dodo, der uns so schwer im Magen liegt
gleich dem Phönix, der Asche des Adlers verblieb

gehen mir die Vergleiche und Hoffnungen aus
Ich tausche gern jede Lösung gegen meinen Applaus

Samuel J. Kramer

Ich mag Filme, in denen früher oder später etwas explodiert. Filme, die ich mag, explodieren früher oder später in unkenntliche Einzelheiten. Einmal war ich bei den Karl-May-Spielen und es explodierten einige Ölfässer. Ich erinnere mich daran, die Hitze zu spüren, auf der Haut, trotz der Entfernung. Davor oder danach sprang jemand, brennend, von einer Klippe ins Wasser darunter. Einmal fing die Hand meines Bruders Feuer beim Spielen mit einer Sprühdose. Ich erinnere mich nicht gut daran. Es ist jemand anderem passiert. Es ist nicht passiert. Das habe ich mal in einem Film gesehen. Das war im Mai. Finger über Kerzen. Kerzen auf dem Bürgersteig. Letztens, als ich die Karlstraße entlanglief, überrollte mich eine Welle der Unvorstellbarkeit, die ich erst nicht hörte, dann nicht spürte, auf meiner Haut. Aus meiner Haut. Das war im April. Ich würde gern erzählen können, dass der Stuntman mit der brennenden Jacke konzentriert aussah. Von mir aus.

Danksagung

Ich möchte an dieser Stelle vielen danken, die jeweils auf ihre Weise zu diesem Buch beigetragen haben:

Rhiannon, danke, dass ich immer auf dich zählen kann. Calian, danke, dass du mich daran erinnerst, was wichtig ist. Danke an meine große Familie. Danke, dass ihr mich gelehrt habt, alle Wesen auf diesem Planeten zu respektieren. Danke, Sissy, Korra, Katinka, dass ihr meine Welt auf den Kopf gestellt habt und stellt. Ich werde euch nie vergessen.

Volker, danke, dass du die Idee ausgesprochen hast, die wir beide hatten, und danke für die unzähligen Stunden, in denen du sie mit mir verwirklicht hast. Für die Zusammenarbeit danke ich auch Karsten und Mirko. Danke an alle Autor*innen für ihre Texte, ihre Geduld und ihr Engagement. Danke, Almut, Jan, Roland, Daniela, Tristan, für eure bestärkenden Worte und Tipps. Danke an Finn, Dafni, Marvin und Tabea.

Danke an die *Scientists for Future*, besonders Gregor Hagedorn und Karen Wiltshire, für das Vorwort und eure großartige Arbeit. Danke an alle, die täglich Artikel schreiben, Bodenproben auswerten, Modellrechnungen durchführen und diskutieren, um unsere Welt besser zu verstehen.

Danke an alle, die täglich auf die Straße gehen, Transparente malen, sich an Bäume und Bagger ketten und nicht damit aufhören, bis unsere Zukunft sicher ist. Danke an alle, die laut und leise und mutig sind. Danke an alle, die für ein besseres Übermorgen streiten.

S.J.K.

Die Autor*innen

sowie Video- und Audiolinks
und bibliografische Notizen

Anja Utler, geboren 1973, ist Dichterin, Übersetzerin und Essayistin. Zuletzt erschien von ihr »kommen sehen. Lobgesang.« (Edition Korrespondenzen, Wien: 2020). Ihr hier Text »Rechnungslegung« ist dem Band »ausgeübt. Eine Kurskorrektur« (Edition Korrespondenzen, Wien: 2011) entnommen. Abdruck mit freundlicher Genehmigung des Verlags.

Anna Teufel, geboren 1994, ist studierte Strahlenschutzingenieurin, Slampoetin und Autorin. Sie veröffentlichte mehrere Texte in diversen Anthologien. Im März 2020 erschien ihre erste eigene Textsammlung im U-Books-Verlag. Anna Teufel lebt in Nürnberg.
Videolink: https://youtu.be/D14ySN7VuRk (live beim »Poetry Slam Bayreuth«)

Björn H. Katzur, 1981 geboren in Hannover, hat dort auch Biologie studiert. Büsschn am Institut für Psychologie gearbeitet, seitdem in Kiel. Seit 2009 auf Poetry-Slam-Bühnen. Seit 2012 Mörder bei »Dinner mit Leiche«. Seit 2014 Mitglied der Lesebühne »Irgendwas mit Möwen«. 2020 »In der Möwe liegt die Kraft« veröffentlicht bei Satyr.
Audiolink: https://satyr-verlag.de/audio/PFF_Katzur.mp3

Björn Rosenbaum ist grau meliert, buckelig und traurige 40 Jahre alt. Außerdem ist er »Der Mann mit dem Klemmbrett«. Der Dortmunder erzählt launige Geschichten aus dem Leben und überwältigt das Publikum mit Inbrunst, Krawall und Schabernack. Audiolink: https://satyr-verlag.de/audio/PFF_Rosenbaum.mp3

Cecily Ogunjobi, geboren 1998, studiert Geowissenschaften und schreibt verdichtete Prosa. 2018 war sie Preisträgerin des »Jungen Literaturforums«, 2019 nahm sie am »Treffen junger Autor*innen« teil. Sie lebt in Frankfurt am Main.
Audiolink: https://satyr-verlag.de/audio/PFF_Ogunjobi.mp3

Christofer mit f ist Kind des Ruhrgebiets, aufgewachsen in Datteln, wohnhaft in Essen, Arbeiterkind mit Bildungshintergrund, Lateinlehrer, Slampoet in humanistischer Mission und seit Frühling 2019 Umweltaktivist bei *XR (Rebellion gegen das Aussterben).*

Daniela Seel, geboren 1974, ist Lyrikerin, Übersetzerin, Herausgeberin und Verlegerin von kookbooks. Ihr Gedicht ist entnommen aus »was weißt du schon von prärie. Gedichte« (kookbooks: 2015).

Danny Grimpe verbringt seine Zeit damit, Dinge aufzuschreiben, die er sich ausgedacht hat. Zum Leid seiner Verwandten ist er damit immer noch nicht Lehrer oder Arzt geworden. Neben diversen Projekten tritt Danny seit 2012 als Poet und Moderator auf.
Audiolink: https://satyr-verlag.de/audio/PFF_Grimpe.mp3

Dafni Tokas studierte Philosophie, Ästhetik, Theater-, Film- und Medienwissenschaften, Germanistik, Kunstgeschichte und Gender Studies in Marburg, Frankfurt und Paris. Sie ist auf internationaler Ebene als Tierbefreiungsaktivistin tätig und arbeitet zu Tierethik und Normativität.

David Friedrich ist Moderator und seit 2006 Slampoet. Er hat im KIKA und im NDR moderiert, war deutschsprachiger Meister, Hamburger und Schleswig-Holstein-Meister. Stolz sind seine Eltern aber nur auf sein Instagram. *Diesdasdavid* heißt er da.

Holger Rohlfs atmet seit 1972, tritt seit 2017 bei Poetry Slams auf und war zweimal beim »Hessenslam«. Seine humorvollen Lebensweisheiten verteilt er ebenso gern wie ungefragt an alle Mitmenschen, an seine 5 Kinder und auf https://5Kinder.de. Audiolink: https://satyr-verlag.de/audio/PFF_Rohlfs.mp3

Jan Cönig ist ein Frankfurter Autor und Comedian. Er ist Hessenmeister im Poetry Slam 2018, 2019 und Bronzemedaillengewinner bei den deutschsprachigen Meisterschaften 2019. Seine Veranstaltungsreihe heißt »Slam Royal« und manche sagen, er sei sehr gut. Auf Spotify: »Küss die Taube!«

Jan Wagner, geboren 1971 in Hamburg, lebt in Berlin. Neben Gedichtbänden – zuletzt »Die Live Butterfly Show« (2018) – veröffentlichte er Essays, u. a. in »Der verschlossene Raum« (2016). Er erhielt den Preis der Leipziger Buchmesse (2015) und den Georg-Büchner-Preis (2017).

Janina Mau ist Weltenbummlerin, Kommunikationspsychologin und freischaffende Künstlerin. Sie produziert Skulpturen, Malereien, Texte und Auftragsarbeiten und ist regelmäßig bei Ausstellungen, Poetry Slams, Reisevorträgen und Künstlermärkten vertreten.

Jean-Philippe Kindler, geboren 1996, ist Autor, Slampoet und Satiriker. Deutschsprachiger Meister im Poetry Slam 2018. Ab Herbst 2020 spielt er sein zweites abendfüllendes Solo »Deutschland umtopfen« in über 40 Städten.

Julius Althoetmar ist tatsächlich Mathestudent bei Tag. Und auch bei Nacht. Manchmal, wenn spät abends die existenziellen Zweifel kommen, fragt er sich allerdings, ob das ein Indiz für logischen Verstand oder vielleicht eher für unbewussten Selbsthass ist.

Kaleb Erdmann ist in Bayreuth, Erfurt, München und Frankfurt aufgewachsen. Er steht seit 2009 auf Slambühnen und tut sein Bestes. Seit 2018 ist er Student am Deutschen Literaturinstitut Leipzig und versucht sich an möglichst großer Literatur.
Videolink: https://youtu.be/L6gYfnwonew (live beim »Kampf der Künste«, Hamburg)

Katrin »ohne H« Rauch, geboren 1994, schreibt Gedrucktes, Gelesenes und Performtes und steht damit regelmäßig auf diversen Slam- und Lesebühnen und in Zeitschriften und Anthologien. Sie ist eine der Katerstrophen bei »FHK5K (Frau Herrmanns Katerstrophen)« in Innsbruck.
Audiolink: https://satyr-verlag.de/audio/PFF_Katrin.mp3

Kierán Meinhardt, geboren 1999, programmiert, philosophiert und versifiziert. Er studiert lange gestorbene Sprachen, liest lange gestorbene Dichter, schreibt lange gestorbene Formen. Er veröffentlicht auf seiner Seite https://meteora.kierán.de.

Lars Ruppel arbeitet viel für CO2-emittierende Unternehmen und fährt zum Ausgleich nur Bahn und Fahrrad, ernährt sich vegetarisch und bepflanzt eine Baumscheibe in Berlin.
www.larsruppel.de

Laura Klegräfe: Obwohl fast gebrochen wie die Blume in »Gefunden«, hat sie die Goetheschule Hannover verlassen – mit dem Abi in der Tasche! Nun hofft sie auf einen Studienplatz für kreatives Schreiben in Hildesheim. Sie mag keine Zahlen, ist aber einundzwanzig.

Laurin Buser ist Rapper, Spoken-Word-Poet und Moderator aus der Schweiz. Gemeinsam mit Fatima Moumouni deutschspra-

chige Team-Poetry-Slam-Champions 2019. Sein Hip-Hop-Album »Schmuck« erschien 2017 beim Samy-Deluxe-Label Kunstwerkstadt.
Videolink: https://youtu.be/7m4D23hMooI (live beim »Kampf der Künste«, Hamburg)

Lea Weber atmet seit 1996 und seit 2015 auch auf Poetry-Slam-Bühnen. Die gebürtige Hessin konnte mit ihrer knallschönen Lyrik bereits Tausende begeistern und nimmt erfolgreich an regionalen bis internationalen Poetry-Slam-Meisterschaften teil.
Audiolink: https://satyr-verlag.de/audio/PFF_Weber.mp3

Leonie Klendauer, 1997 in Wiesbaden geboren, studiert Psychologie in Münster. 2014 und 2015 nahm sie am Schreibzimmer des Literaturhauses Frankfurt teil. 2016 und 2020 war sie Werkstatt-Preisträgerin des Jungen Literaturforums Hessen-Thüringen.
Audiolink: https://satyr-verlag.de/audio/PFF_Klendauer.mp3

Luca Swieter nahm an den deutschsprachigen Poetry-Slam-Meisterschaften im U20- und Ü20-Bereich teil, war mehrfache Finalistin der nordrhein-westfälischen Landesmeisterschaften und ist Mitglied des »ChaosLeseClubs«, Aachens bester (und einziger) Lesebühne.

Luisa Maria Schulz studierte Philosophie und führte ein paar Jahre ein Wanderleben in Frankreich, Russland und Italien. Sie lebt heute in Berlin und dem Piemont, schreibt und übersetzt.

*Luka/Lukas/Luka*s Friedland,* geboren 1999, ist neuroqueere*r, nichtbinäre*r Versuchskünstler*in, macht Dinge mit Text, Performance, Theater, Film, Sound, Game, Mixed Media and more. Veröffentlichungen irgendwo. Öffnet Tabs, unterzeichnet Petitionen.
Audiolink: https://satyr-verlag.de/audio/PFF_Friedland.mp3

Manfred Manger, geboren 1966 in Schweinfurt, ist Erzieher, Weltenbummler, Autor, Veranstalter, Workshopleiter. Veröffentlichte u. a. den Lyrikband »Warmer Schnee« (2002) und die Live-Anthologie »wort-leckt-ohr« (2005). Mitglied der Schweinfurter Autorengruppe.

Mara-Daria Cojocaru, geboren 1980, lebt in München und London. 2017 wurde sie mit dem Bayerischen Kunstförderpreis (Literatur) ausgezeichnet. 2016 veröffentlichte sie den Band »Anstelle einer Unterwerfung« bei Schöffling & Co., dem auch ihr Beitrag in diesem Buch entnommen ist. Abdruck mit freundlicher Genehmigung.
Audiolink: https://www.lyrikline.org/de/gedichte/hilfestellung-fuer-den-letzten-menschen-13566

Marcus Roloff, geboren 1973, lebt in Frankfurt/Main. Gelegenheitstexte und Gedichtkommentare in der FAZ und auf lyrikkritik.de. Zuletzt erschien »mogk's bierstubb in platons schneekugel« (hochroth: 2019) und die Übersetzung »Peter Orlovsky: Sauber abgewischt« (Stadtlichter Presse: 2020).
Audiolink: https://satyr-verlag.de/audio/PFF_Roloff.mp3

Marina Sigl stand 2018 erstmals auf einer Poetry-Slam-Bühne. Über 150 Auftritte später hat die angehende Lehrerin nun allerlei Bühnenerfahrung gesammelt; sie verfolgt mit ihren Texten das Ziel, die Welt ein kleines bisschen schöner zu machen.

Meral Ziegler ist Slampoetin und Autorin. 2017 verlieh die Stadt Konstanz ihr den Förderpreis »Junge Kunst!« in der Sparte Literatur, unter anderem für ihr Jugendbuch »Feier dich«. Derzeit studiert sie Kunstvermittlung in Düsseldorf.
Videolink: https://youtu.be/qQl6K-zOhk8 (live bei der »Wörterspeise«, Halle)

Mieze Medusa ist Pionierin der österreichischen Slamszene, Autorin, Rapperin und stolzes Mitglied der »Slam Alphas«. Mit Yasmin Hafedh ist sie Team MYLF (Mothers You'd Like to Flow with). 2021 erscheint ihr dritter Roman »Du bist dran« im Residenz Verlag.

Mikael Vogel, geboren 1975, lebt in Berlin. Sechs Gedichtbände, darunter »Dodos auf der Flucht. Requiem für ein verlorenes Bestiarium« (Verlagshaus Berlin: 2018). Unter anderem Medienpreis RAI Südtirol beim Lyrikpreis Meran 2016.
Audiolink: https://satyr-verlag.de/audio/PFF_Vogel.mp3

Noah Klaus, geboren 1993, stammt aus Bonn, lebt, studiert und arbeitet aber in Berlin. Er ist festes Mitglied der Lesebühne »Zentralkomitee Deluxe« in Kreuzberg.
Videolink: https://youtu.be/L5zLr7l-DLk (live beim »Berlin-Brandenburg-Slam«, Berlin)

Oliver Walter ist über 40. Und so sieht er auch aus. Er macht »irgendwas mit Sprache«. Meist Unsinn. Ansonsten Rhetorikseminare, freie Trauungen oder auch Beerdigungen. Seit 2015 macht er dieses Poetry Slam und fand Gefallen daran.

Pascal Simon fing noch während der Schulzeit mit Poetry Slam an, wenig später auch mit dem Veranstalten. Nach seinem Studium der Sprecherziehung in Regensburg machte er sich als freischaffender Künstler selbstständig.

Peter Heiniger, geboren 1981, ist unter anderem Slampoet, Kolumnist und Liedermacher. Er lebt und schreibt in Oberfrittenbach im Emmental. 2018 erschien sein erstes Buch »Furliwurlibibadndadudlidu«.
Audiolink: https://satyr-verlag.de/audio/PFF_Heiniger.mp3

Sebastian 23 ist Poetry-Slammer, Autor, Moderator, Veranstalter, plastischer Chirurg und Musiker – und nur eine Sache davon ist gelogen! Mehr unter: www.sebastian23.com. Sein Text »In der Blüte der Quadrate« ist seinem Buch »Stehenbleiben für Fortgeschritte« (Lektora: 2019) entnommen.
Videolink: https://youtu.be/MUFNjQJKVKE (live beim »Kampf der Künste«, *Hamburg)*

Simeon Buß ist Autor, Bühnenpoet und Hofnarr. 1987 geboren, versucht er seitdem hingebungsvoll, nicht zu sterben; bisher halbwegs erfolgreich. Buß' größte Erfolge sind der Abbruch seines Studiums sowie etliche erste Plätze bei diversen Liveliteraturveranstaltungen.

Temye Tesfu ist Autor, Sprechlyriker, Moderator, Literaturveranstalter und Schreibpädagoge. Gründungsmitglied des Künstler_innenkollektivs »parallelgesellschaft« und der gleichnamigen Lesebühne. Lebt und arbeitet.

Ulrike Almut Sandig lebt als Performancedichterin in Berlin und veröffentlicht neben Gedichten auch Erzählungen, Hörspiele, Poetryfilme und Romane. Mit ihrer Band »Landschaft« verbindet sie Dichtung mit Punk und Hip-Hop. www.ulrike-almut-sandig.de
Audiolink: https://satyr-verlag.de/audio/PFF_Sandig.mp3

Xenia Stein, geboren 1998, tritt seit 2013 bei Poetry Slams auf, gibt Workshops für kreatives Schreiben und moderiert Kulturveranstaltungen. Seit 2017 studiert sie Mathematik und Physik an der Universität Tübingen.
Audiolink: https://satyr-verlag.de/audio/PFF_Stein.mp3

Yannick Steinkellner, geboren 1992, wurde in Österreich geboren und lebt seit 2016 in Bochum. Steinkellner ist Mitbegründer eines Slamkulturvereins (Verein PLuS, 2014) und war Slam-

Landesmeister von Steiermark und Kärnten. 2018 gründete er das Magazin »bühnen.texte«.
Videolink: https://youtu.be/UnsViLzMHHg (live beim »Kampf der Künste«, Hamburg)